太陽のパスタ、豆のスープ

宮下奈都

集英社文庫

太陽のパスタ、豆のスープ　目次

太陽のパスタ、豆のスープ

1　漂流者

なんだろう。今、口に入っている、このぱさぱさしたものは。何か食べものであることは間違いないはずなのに、味気がなくて、ほとんど汁気もない。惰性で咀嚼《そしゃく》するけれど、いつまで嚙《か》み続ければいいのかわからない。とても飲み込むどころじゃない。冷や汗が出てきた。ティッシュにくるんで出してしまってもいいだろうか。

ふと顔を上げると、心配そうな顔をした譲《ゆずる》さんがテーブル越しにこちらを見ていた。どうしたの譲さん、そんな顔をして。何か気がかりでもあるの？　そう思った瞬間、ぐらりと譲さんが傾《かし》いだ、気がした。けれども傾いでいたのは私だったらしい。あすわ、あすわ、と呼ぶ声がして、遠くへ行きかけていた意識が舞い戻る。

「だいじょうぶか、あすわ」

テーブルの向こうから、譲さんが手を伸ばしている。その手をつかもうとして、ぐっとこらえた。だいじょうぶじゃないよ、ぜんぜん。だいじょうぶなわけがないじゃないの。

もしも大事な話を——それもよくない話を——されるなら、食事の前がいいか、後がいいか。そんな話をしたことがあった。能天気だったあの日の自分が恨めしい。

「断然、後でしょ」

考えるまでもなく私が答えると、譲さんは不思議そうだった。

「どうして」

「だってせっかくおいしいごはんを食べるのに、先に嫌な話をされちゃったら台無しじゃない」

なるほど、とうなずいて彼はいつもの鷹揚《おうよう》な顔で笑った。

「譲さんは？」

「うん、僕はやっぱり前だな」

「どうして」

「おいしくごはんを食べた後に嫌な話をされたら、それまでのおいしかった時間まで裏切られたような気持ちになるだろうから」

譲さんは相変わらず穏やかな笑みを浮かべていたと思う。ふたりで映画を観《み》て、その感想を言いあいながら食事をしていたときだった。

実際には、映画のようなことは滅多に起こらない。究極の選択を迫られることも、突然恋の嵐に巻き込まれることも、ごはんが台無しになるような話を打ち明けられることも。

ただ、いつも穏やかで温和に見える譲さんの、少し意外な面を見た気がした。嫌な話をされたら、その前の楽しかった時間まで嘘《うそ》になってしまうのか。それまでがずっとよかったとしても、たったひとつ何かが起きたらすべて塗り替えられてしまうということか。あるとき黒が紛れ込んだとしても、そしてこれから先がずっと黒になるとしても、これまでの白は白いままだ。少なくとも私の中ではそうだった。でも、譲さんは違うと言う。それまで白ばかりだった譲さんに風が吹いて、ぱたぱたと全部黒に裏返ってしまう、そんな情景が頭に浮かんだ。

たしか、つきあいはじめて一年くらい経《た》った頃の出来事だった。お互いに慣れ、既知の部分がずいぶん増えて、知らない面に出くわすと妙に新鮮だった。あれからひとつひとつ既知の領域を増やしてきたつもりだったけれど、いったい何がどれだけ増えたというのだろう。目の前にいるこの人が、まったく知らない人みたいに見えて、怖い。

譲さん。ぶれていた輪郭がぼんやりと像を結ぶ。大事な話は、食事の前か、後に、するんじゃなかったっけ？　せっかくのおいしい食事の途中にいきなり切り出すなんて、ルール違反だ。

私はバッグからティッシュを取り、飲み込めそうもないぼそぼそのポークピカタらしき物体を口から出してその中に丸めた。

「ほんとうに悪いとは思ってるんだ」

譲さんは繰り返した。

「でも僕はもう――」

「待って」

私はかろうじて左手を挙げ、譲さんの話を遮る。

「じゃあ、どうするの。式場の予約もしちゃったし、お仲人さんも頼んじゃったよね。あたしだって友達には日取りとか知らせちゃったよ」

些末《さまつ》なことを言っているのはわかっていた。式場の予約も仲人も関係ない。面子《メンツ》や少々の違約金などどうでもいいと思えるほど、譲さんは私との婚約を解消したいということなのだ。

不意に吐き気がこみ上げてきて膝の上のナプキンを取り、口元を押さえる。そのまましばらく大きな息をして、なんとかやり過ごしてから私は顔を上げた。譲さんはテーブルの向こうで油の膜が張ったような目をしてこちらを見ていた。

「どうして」

そう言うのが精いっぱいだった。

「どうして今言うの」

ようやくそれだけ言葉にするとまた吐き気があって、ナプキンで口を押さえる。

「いや、言おう言おうと思ってたんだけど、なかなか言い出せなくて」

「いつから」

「……しばらく前、いや、けっこう前から」

「それって、新居探したり、一緒に家具見にいったりしてる頃から？」

譲さんが重々しくうなずくのを見て、吐き気だけではない何かくろぐろとしたものが喉元をせり上がってくるのを感じた。

「そんなに前から思ってて、どうしてよりによってごはんを食べてる最中に言うの。あたしは嫌な話は『後』だって言ったでしょ」

譲さんはきょとんとした顔をした。忘れているのだ。忘れているくらいでいいのかもしれない。私のほうもちょうど意見が変わったところだ。前だろうと、後だろうと、最中だろうと、結局はその食事は台無しになる。つけくわえるなら、それまでのよかったことや楽しかったこともすべてぱたぱたと裏返っていくものなのだ。譲さんの言ったとおりだった。

まるで味のしなくなった食事をやめ、それでも食べ続けている譲さんを異次元に住む人のように見、私はここで立ち上がって帰るべきなんだろうと思ったけれど立ち上がる気力もなかった。

「君の気持ちが落ち着いた頃に、ご両親のところへも謝りにいこうと思ってる」

ナプキンで口元を拭《ぬぐ》いながら譲さんは言ったけれど、両親より先に私に謝るのが筋じゃないか。筋だとか筋じゃないとかそんなことが問題なのではない。謝られたってしかたがない。わかってはいる。だけど謝ってもくれないなんておかしい。

店を出ると、外はのっぺりとした灰色だった。梅雨の晴れ間の金曜だったはずなのに、おかしなくらい色がない。色ばかりか、街の匂いも、温度も、消えてしまっていた。

通りを駅のほうへと歩きながら、どうして謝らないのかと聞いてみた。まったくもってばかばかしい質問だった。ほかに質問を思いつけなかった。ほんとうに聞きたいことはいくらでもあるはずなのに、たぶん、私は聞きたくなかったのだ。

「え、謝ったじゃない」

譲さんは驚いた顔をしてみせた。

「謝ってないよ」

「謝ったよ」

「謝ってないよ」

謝ってないよ、の「よ」を発音した途端、急激にむなしくなって、口を噤《つぐ》んだ。譲さんは律儀に、謝ったよ、ともう一度繰り返したけれど、それからはもう、私は口を開かなかった。口を開いたらほんとうに吐いてしまいそうだったのだ。

何を吐くのかはわからない。怒りとか、悲しみとか、そんな鮮やかな感情ではなかった。ただ、驚きと戸惑いと、それから恐怖に近いような感情がぐちゃぐちゃに混じって塊になり、それが喉から転がり出て譲さんの目の前で弾《はじ》けそうな感じがした。いっそのこと、そうしてしまえばよかったのだと思う。でも、どちらがいいとか、どうすればよかったのかとか、考える余裕もなかった。混乱したまま私は口を閉ざして歩いた。途中電車に乗って家へ帰ったはずだ。気がついたら自分の部屋のベッドに寝ていた。途中がすっぽり抜けている。電車を乗り換えているはずだし、改札もちゃんと通ったはずだ。駅からの道ではたぶんちゃんと信号も守っただろう。それなのに、なんにも覚えていなかった。空に星が出ていたのか、雨だったのか、もしも季節外れの雪が降っていたとしても気づかなかったに違いない。

こんなふうに、見ても見ず、聞いても聞かずにいることができるなら、さっきのあれも、見なかった聞かなかったことにしてしまいたい。そうだ、洋食屋で譲さんと会う前に遡《さかのぼ》って、なかったことにしてしまえばいい。——と思ってから、ふと疑問が生じた。違う、だろう。どこまで遡ればいいのか。洋食屋の前から、譲さんは私に別れを告げようとしていたというのだ。けっこう前から、と言っていた。けっこうというのはどれくらいの長さだろう。どこまで遡れば譲さんの気持ちは元に戻るのだろう。

鼻の奥がつんとなって、吐きそうだったさっきの感じがよみがえってくる。いっそ譲さんと出会う前に遡りたい。いや、もっとだ。生まれる前まで遡ってしまいたい。

涙がこめかみを伝う感触で初めて気がついた。いつのまにか私は泣いていた。涙はほんのりと温かくて、ああ、これは現実なのだと思う。私はもう生まれてしまっているし、譲さんとも出会ってしまった。そうして今日、洋食屋で別れ話をされた。鳩尾《みぞおち》がきゅうと縮むように痛い。両腕で自分の身体《からだ》を抱え込むようにしてベッドの上で丸まった。眠ってしまったような気もするし、ずっと起きて泣いていたとも思う。目が冴《さ》えていた。涙は止まっている。枕元の時計を見ると、さっきからあまり時間が経っていない。泣き続けることって意外とできないものらしい。ベッドに仰向けになったまま、板張りの天井の節目を数えた。数えながら、もうこのまま起きないでおこう、と思った。起き上がる勇気なんか私にはもうない。

下で母が呼んでいた。ごはんもお風呂もいらないと断った記憶がかすかにあった。返事をしないでいると、階段を上る足音が聞こえる。ノックの後、薄くドアが開いて、電話よ、と言う。眠ったふりをするには不自然で、何しろ私は服も着替えずにベッドで仰向けになっていたのだから、とっさに目を瞑《つむ》ったけれど、母は普通に話しかけてきた。

「電話だって」

「いないって言って」

そう言ってから、はたと気がついてベッドの上に飛び起きた。

「誰からっ」

母は不審そうな顔で、ロッカ、と言った。

「……いないって言って」

譲さんが家の電話にかけてくるわけがなかった。

「わかった、いないって言っとく」

そう言って母はドアを開けたまま階下へ向かい、

「安彦《やすひこ》ー、あすわがいないって言ってってー」

と叫んだ。めんどー、と野太い兄の声が返ってくる。母はそれを無視してこちらへ向き直ると、やさしげな声を出した。

「何かあったのか、って」

「…………」

「さっき駅で見かけたんだって、ロッカが、あんたのこと」

私は天井を見上げたまま返事をしなかった。ロッカさんというのは母の妹だ。六花、と書く。正確な歳《とし》は知らないが、母とはひとまわり以上違うと聞いたことがある。家にはときどき現れて、母とお茶を飲んでいたり、そのままごはんを食べる席にいたりもする。独身で、三つ先の駅にアパートを借りてひとりで住んでいるから、たまに電車でばったり会うこともあるのだけれど、見かけたのならその場で声をかけてくれればいい。何もこんなときに電話で確かめることはないのだ。

「声をかけたんだけど心ここにあらずって感じで通り過ぎていったって。そのときはそのままにしちゃったんだけど、後になって気になったらしいわ」

母はベッドの端に腰を下ろした。

「何かあったの、あすわ」

そう言って、私の脇腹を指でちょんちょんと突いた。

「譲さんと喧嘩《けんか》でもした？」

母親って大変だ。こういうとき痛感する。娘を心配して逆に怒鳴られ、八つ当たりされる。割が合わないのもいいとこだ。

「放っておいてよっ」

お約束どおり私は叫んだ。母親になんてなるもんじゃない。

翌朝は、目が開かなかった。泣いたし、コンタクトを外さないままだったし、それに何より、目を開いて、吐きそうな現実を見るのが嫌だったんだと思う。

折悪《おりあ》しく、土曜だった。朝だからといって起きる必要もない。普段のように起きて一日を始めてしまったほうが気が紛れてかえって楽かもしれないと思ったけれど、頭が重い。肩が重い。泣いたせいで、瞼《まぶた》も重い。ベッドから起き出す気力なんかどこにもなかった。

二度寝したのか、三度寝したのだったか。ずっと重苦しい夢を見ていた。どうしようかなあ、と思う。起きる予定も意味もない。どうしようかなあ。これから、どうしようかなあ。これからのことなんてちっとも考えていないのに、これからどうしようか、という困惑だけが浮かんでくる。

四度目かそこらに寝ている途中に携帯が鳴っているのが聞こえた。譲さん、のわけはない。着信音が違うから。このメロディーは京《きょう》だ。京と約束していたんだった。鍋を買いに行く約束だった。ずっと実家にいてろくに料理もできない私に、とっとと家を出て料理学校にも長く通っている京が料理を指南してくれることになっていた。まずは鍋、料理なんていい鍋さえあればなんとかなるのよ、と彼が熱っぽく語るので、それならまずはそのいい鍋から教えてもらおうかと思ったのだ。よりによって今日がその約束の日だったなんて。

「ごめん、ちょっと体調悪くて。中止にしてくれる?」

できるだけなんでもなさそうに断ったのに、

「ふうん、延期じゃなくて、中止なのね。わかった」

京はそう確認して電話を切ると、三十分後に家に訪ねてきた。居留守を使う暇もなかった。

「あすわ、あんた、顔がミルクティーみたいな色してる」

「だから体調がよくないんだって」

私はベッドから出ず、蒲団《ふとん》を顎まで引き上げた。

「嘘。なんか隠してる。あすわは小さい頃から、嘘をつくと鼻の頭に汗をかくのよ」

とっさに私は鼻の頭に手をやった。汗？　かいていない。

「ほらね」

京は勝ち誇ったように笑った。

「やっぱり嘘だ。あすわは簡単だなあ、こんなカマにひっかかって。で、何よ、どうしたの、譲さんと喧嘩でもした？」

そう言った途端、京の顔がゆがむのが見えた。京の顔がゆがんだんじゃない、不意に名前を出されて、私の目にまた涙が湧いてきたのだった。

「ちょっとちょっと、いやだ、あすわ落ち着いて。ゆっくり話してみて、何があったの？」

ゆ、と私は言った。ゆずるの「ゆ」だ。でもそれ以上言葉を続けることはできなかった。唇を固く結んで、首を横に振った。

「隠すことないでしょ。こう見えてもあすわと譲さんのこれまでのことならなんだって知ってるんだから。ね、マリッジブルーってやつも入ってるんじゃないの？　気にしすぎるとよくないよ」

それでも私が口を開かないのを見て京はため息をつき、腰を上げた。

「まあね、話したくないんなら話さなくてもいいよ。あすわが話したくなるまで待つことにする。……でもほら、原因は何？　譲さんと喧嘩したんでしょ？」

しつこい京に首を振り続けたのは、あとひと呼吸で泣いてしまいそうだったからだ。京が気のおけない昔からの幼なじみであることに異論はないけれど、それだけに意地みたいなものもある。今までほとんど全敗なのだ。幼稚園のすみれ組以来、京には敵《かな》わない。京は泣かない。泣きたいことも人一倍多かったはずなのに、いつもぎゅっと唇を結んで、制服のズボンではなくスカートを穿《は》きとおした。京介《きょうすけ》という名前を封印したのもその頃だ。

私のほうは京の前でどれだけ泣いてきたことだろう。いつまでも逆上がりができなくて泣き、片思いの男の子が転校したといって泣き、第一志望の高校に落ちて泣いた。今ここでさらに黒星を重ねるわけにはいかない。

「じゃあ帰るね、あすわがなんにも喋《しゃべ》らないんじゃ話にならないもん。また鍋買いたくなったら連絡して」

今度こそドアへ向かいかけた京の背中に、ごめん、と声をかける。彼は振り返って、いいよ、と言った。

「あすわ、ほんとに具合悪そうだし。お大事に。——でも元気になったら、ちゃんと連絡してよね。鍋、買いに行こう」

な、と言いかけてまた口を噤む。なべの「な」だ。鍋と発音しようとしただけで涙が出るのはどういうわけだ。

「鍋は、もういらないんだ」

思い切って口にしてみたけれど、ドアは閉まった後だった。京の耳にはきっと届かなかった。届かないようにしか、言えなかった。

いずれ京にも話さなくてはならないだろう。譲さんとの結婚はなくなった。二年もつきあっていたのに、僕たちなんだか合わないみたいだね、だって。何を今さら！　合わないことなんかはじめからわかっていたはずだ。合わないふたりがなんとかうまくやっていくのが創意工夫の見せどころなんじゃないのか。

だんだん怒りに似た感情が熱を帯びはじめるのがわかる。譲さんは私のどこを見、何を考えていたのかと思う。炎のように燃えさかる怒りではなく、熾火《おきび》のように燻《くすぶ》っている。きっと長引くんだろう。いつまでもぶすぶすと怒り続けることになるのかもしれない。そう思うだけで気が滅入《めい》った。くるりと黒に裏返った白は、これまでの白だけじゃなく、これからの白もすべて黒に変えてしまった。

母の呼ぶ声がしていた。階段の下からだ。

「あすわー、ロッカよー」

いないって言ってー、とベッドから叫ぼうかと思ったけれど、それさえ億劫《おっくう》だった。聞こえないふりをして寝転んでいる。

あすわ、とドアの向こうからのんきな声がした。続いてドアが開き、叔母の顔が覗《のぞ》く。電話じゃなかったのか。

「あすわんとこの服、社員割引利くよね？」

寝たふりを通そうと思っていたけどあきらめた。はなっから私が寝ているわけがないと見てロッカさんは喋っている。

「何割引き？」

「三割」

「おおーっ」

私はベッドに身を起こした。

「おおーって何よ、知ってると思うけどベビー服専門だよ、ロッカさんの着る服はないよ。だいたいこっちは具合が悪いって言って寝てるのにさ」

「ああ、そうそう、そうだった、だいじょうぶ？」

ロッカさんはにこにこ笑っている。

「具合が悪いって言ってるってそういえば聞いてたよ、安彦から」

「言ってるだけじゃなくてほんとに具合が悪いんだってば」

「昨日は、いないって言ってって言ってるって言ってたね、安彦」

ロッカさんはベッドの脇に胡座《あぐら》をかいて私を見上げた。

「ベビー服がほしいんだ」

「誰が着るの」

「友達に子供が生まれるの。ぜんぜん準備してないって言うから、それならあたしが用意してあげようかと思って」

ふと、子供のことが頭を過《よぎ》った。特に子供がほしいとか産もうとか考えていたわけじゃない。だけど、子供ってこんなにも遠い存在だったか。子供を授かる機会も無期延期だ。きらきら光る惑星で手を振る子供たちの姿が軌道を外れて遠ざかっていく。

「あすわ、月曜にはよくなってるでしょ？　会社行けるよね？　出産直後に赤ん坊が使うようなものをひととおり見繕ってくれないかな」

いいよ、と答えた。月曜によくなっているかどうかはわからないが、出社はたぶんすると思う。家で寝ていてもつらいだけだ。だいいち、入れ替わり立ち替わり人が現れるから落ち着いて寝てもいられない。

ロッカさんはベッドの下に積んであった雑誌を引っぱり出してページをめくりはじめている。

「……あのさ、ロッカさん、あたしまだ具合よくないんだよね」

そう言うとロッカさんはコアラのように無邪気な目で私を見た。

「ああ、ごめんごめん、そうだった、具合が悪いって言ってるんだったね」

「言ってるだけじゃなくてほんとに悪いんだって」

ロッカさんはそれ以上何も言わなかった。何も言わないし何も聞かない。気を遣って、というふうでもない。黙っていたら、また雑誌のページを繰りはじめた。鼻歌なんぞ歌いながら、私の仮病にはまるで興味のないふりをしている。ふりでもないのかもしれない。この人はほんとうに興味がないのだきっと。ベッドのヘッドボードにもたれて私は平和そうな叔母の顔を見る。放っておいてくれてよかった、という気持ちをぐいっと押しのけるようにして、もう少し関心を持ってくれてもいいだろうと憤る気持ちが台頭してきている。われながらむずかしいものだと思う。根掘り葉掘り聞かれたら傷を抉《えぐ》られるようでつらいだろうし、同情されるのもみじめだ。しかし、ここまで完全に放っておかれるのもさびしいじゃないか。

「ロッカさん、あたしに何か言いたいことないの」

「ないよ」

即答だった。

「何か聞きたいこととか」

「ないけど」

目は雑誌を追っている。

「だって昨日電話かけてきたんでしょ」

「だからそれは社員割引の話」

「もっとほかに、何か気になることがあったんじゃなかったの、様子のおかしいあたしのこと駅で見かけたんでしょ」

どうしてこんなことを自分から言っているのだ。ロッカさんは雑誌から目を上げ、私の顔をしげしげと見た。

「とにかく、何か聞いてよ」

「何を」

「何をって、ええと、なんでもいいから」

「好きな食べものは？」

「……ぎんなん」

「さびしいねえ」

「どこがさびしいのよ、あたしはちっともさびしくなんかないよ」

「誰もあすわがさびしいなんて言ってないでしょ、さびしいのはぎんなんよ。秋にぎんなんを煎って殻を剝《む》いてるとしみじみとさびしくていいのよね。まあそれはともかく」

そう言ってロッカさんは雑誌を閉じた。

「リストよ」

「何の？　ああ、出産準備品のリスト」

「違う違う、あすわの、明日へのリスト」

「何それ」

「あたしはちっともさびしくなんかない、って言ったときのあすわ、鼻の頭に汗かいてた」

思わず鼻の頭を人差し指の腹で撫《な》でた。

「やりたいことや、楽しそうなこと、ほしいもの、全部書き出してごらん」

「ロッカさんが叶《かな》えてくれるの？」

ロッカさんはにっこりと笑って言った。

「なわけないじゃん。あすわが自分でそれをこれからひとつずつ叶えていくんだよ」

ちょっとだけ気持ちが動きそうになっていた私は再びベッドに倒れ込む。

「……お願い、ひとりにして」

「え、ああ、ひとりになりたいのね」

ロッカさんはさっきの雑誌を裏表紙からめくり、美容整形の広告を一枚ちぎって、書くもの、と言う。

「どこ、ボールペンとか鉛筆とか」

ベッドに突っ伏したまま指で机のほうをさすと、ロッカさんは立っていって鉛筆立てからボールペンを一本取った。

「ええと、あすわ、ドリフターズ・リスト。その一、ひとりになりたい」

「ロッカさん、その、ドリフターズって何」

「漂流者って意味よ。ムーンリバーっていう歌に出てくるの。安心して、カトちゃんとか志村とか関係ないから」

「そんな心配してないよ」

「長さんもブーも関係ないから」

「だから心配してないって」

「あと」

「仲本工事も荒井注もっ」

「そう、関係ない。漂流する者たちの指針になるリストなんだから」

そう言ってロッカさんはちぎった広告の余白にボールペンで書きつけた。ひとりになりたい、と声に出しながら。

「あのさ、べつにリストにしなくても、今、ロッカさんが下に行ってくれればあたしはひとりになれるんだけど」

「あ、ああ、そうか、そうだね。悪かった。下に行ってるよ。だけど、リストは書いてごらん。後で見せてもらうからね」

わかった、と私は言った。ほんとうは書くつもりなんかなかったけれど、この部屋から出て行ってほしいと口にしてしまって、さすがに気がひけた。ロッカさんはいつだってひょうひょうとしているだけなのに、私はときどきロッカさんを邪魔にしてしまう。ベッドから離れてドアへ向かう足音が聞こえる。ドアが開き、閉まった。しばらくそのままそうしていてから、蒲団から顔を出した。部屋はしんとしていた。ごめん、ロッカさん。リストはそのうちに考えてみるよ。やりたいことなんてひとつも浮かびそうにないけれど。

涙を流せばそれで癒されてしまうほど浅い傷ではない。そういう妙な自負があった。それでも、流さないよりはましなようだ。

ベッドに転がったままときどき思い出したように涙を流し、それで少し体重が減ったのかもしれない。涙の質量の何グラムぶんかだけ身体も気持ちも軽くなった。ついでに何グラムぶんかだけ喉が渇いて、私は水を飲むために台所へ下りることにした。

階下の物音に少しも注意を払っていなかったから、家に誰がいて誰がいないのかわからなかった。ただ、面倒だから母とは会いたくないな、と思っていた。浅はかだった。

階段を下りきったところで鉢合わせしたのは、ロッカさんだった。母よりさらに面倒だ、ととっさに身構えてしまったのは、リストのことが頭にあったからか。

「あら、あすわ、ゆっくりだったね。もうみんな出かけちゃったよ」

ロッカさんはのんびりと言った。

「みんな出かけたのにロッカさんは出かけないの」

台所へ入ってコップに水を汲《く》みながら皮肉を言ってみたが、案の定ロッカさんにはどこ吹く風だ。

「かりんとうがあるよ」

えっ、と私は流しの前で振り返った。

「かりんとうって、ゆかり堂の？」

ロッカさんはにやりと笑った。

「かりんとといえばゆかり堂に決まってるでしょう。姉さんや安彦にはよさがわからないから内緒にしといたのよ。後であすわとふたりで食べようと思って」

「なんでさっき部屋に来たとき言ってくれなかったのよ、ほんとは私にも内緒にしようと思ってたんでしょう」

詰め寄る私をロッカさんが不思議そうな顔で見る。

「だってさっきはそれどころじゃなさそうだったし」

「あのね、今だってそれどころじゃないの。事態はなんにも変わってないんだから」

そう言った途端、不覚にも、手綱《たづな》が緩んだ。意識していようといまいと、涙というものは勝手に流れ出す。どうにか引いていた手綱が緩んでしまえば、あとはもうどうしようもなかった。ロッカさんの手から乱暴にかりんとうの袋を奪うと、中から三つつかんでそのまま口に押し込んだ。

「ちょっと、三ついっぺんに口に入れるのはどうかと思うね」

ロッカさんが言い終わるのを待たず、私はむせた。かりんとうが喉に詰まって死ねたらそれはそれでいいかもしれない。と思ったのはコンマ〇〇一秒ほどのことで、次の瞬間ひどく咳《せ》き込み、かりんとうを吐き出し、涙と鼻水と涎《よだれ》を垂らして台所の床にすわり込んでいた。

口の中のものを全部出してしまうと、ようやく呼吸ができた。大きく息を吸い込んで、うわあ、と私は泣いた。ロッカさんが抱きとめて背中をゆっくりさすってくれた。じわっと背中が温かくなった。ああ、こうしてほしかったんだなあ、と思う。リストに挙げなかったし、思いつきもしなかったけれど、これがいちばんしてほしいことだった。涙と鼻水でぐしゃぐしゃの無様な顔で、声を上げて私は泣いた。こんなに泣いたのはもしかしたら赤ん坊の頃以来かもしれない。そう思いながらロッカさんにしがみついていつまでも泣き続けた。

2　引っ越し

話はするよりされるほうがむずかしい、とはよく聞く説だ。なるほどこういうことだったのかと思う。話すほうには、これから話す内容について当然ながら心構えがある。聞く側にはない。寝耳に水の話をされて、さてどんな反応をするか。それでその人の度量、人間性みたいなものがわかってしまう。

譲さんと別れることになったと話したときの家族の反応はまちまちだった。二年つきあって、二か月後には結婚することになっていたのだから、それなりの衝撃はあっただろう。だとしても、なぜか怒ってむすっとしたまま口もきかない父と、おろおろと右往左往するばかりの母と、あははと笑った兄、うちの家族は三人揃《そろ》って落第点だ。傷心の娘にもうちょっとましな反応ができないものかと思う。

そこへいくと同僚の郁《いく》ちゃんは見事だった。私たちは普段のお昼は買ってきたお弁当やパンを会議室で食べているのだけど、週に一度金曜日にだけふたりで外へランチに行くのを楽しみにしている。お洒落《しゃれ》ではきはきした同僚たちの多い中、郁ちゃんは野の花みたいに楚々《そそ》として可愛《かわい》らしい。私自身は野の花じゃなく、どちらかというとその花に来る蜜蜂に近いかもしれないけど、たとえば仕事で扱うベビー服の新作を見ても郁ちゃんとは好みが一致する。ささいな話でも郁ちゃんとなら楽しい。

いつものようにふたりで金曜のランチに出て、食後のアイスミルクティーを飲んでいるときだった。できるだけさりげなく、破談になったことを伝えた。郁ちゃんは、可愛らしい声で、ハダン。ハダン？と聞き返した。

「そう、ハダン。コンヤクハキ」

そう言うと、また鸚鵡返《おうむがえ》しにコンヤクハキとつぶやいてから、はっとした顔になった。

「こ、婚約破棄って、どうしたの？　何か不都合なことでも見つかったの？」

不都合なことが見つかった、という表現はうまいと思う。誰にとってどう不都合なのか、それを誰が見つけたのか、主語も中身も曖昧になっている。

「ううん、特にこれといった理由はないんだけど、なんか、あたしたち合わないみたいだね、ってことになったんだ」

郁ちゃんに助けられて私もさりげなく主語を入れ替えてみる。向かいの席で、郁ちゃんがびっくりしたままの丸い目でこちらを見ていた。

「でも気を遣わないでね、もうだいじょうぶだから」

そう笑って話すことのできる自分に自分で驚いている。もちろん、だいじょうぶなんかじゃない。指の先で軽く頬をつつくだけで、じわじわと涙が滲《にじ》みそうだ。だけど、僕たち合わないみたいだねと譲さんに告げられた夜はこの世の終わりみたいに思えたのに、一週間経《た》ってもちゃんとこの世は続いていた。

「びっくりしたよ、大変だったんだね」

「うん、ごめんね」

それだけで、あとはもうその話は出なかった。ただ、いつも別会計でそれぞれ自分のぶんを払うことにしているレジで郁ちゃんが私の肘を突っついた。

「今日はいいよ」

「え、なんで」

千円札を握りしめた手を差し出し、断ろうとすると、郁ちゃんはそよと笑った。

「私の気持ち。たまにはいいじゃない」

破談になって奢《おご》ってもらうというのも変だけれど、たったこれだけのことがうれしかった。郁ちゃんてやさしいな、と思った。

午後からの仕事を終え、残業に入る同僚たちを尻目に山吹《やまぶき》さんに声をかける。いちばん打ち明けたくない相手だった。だけどしょうがない。四十代後半で独身の彼女は、たぶんいい人なんだろうけど、怖い。仕事ができて、会社のことをなんでも知っていて、顔が広くて、眉が細くて、声が大きい。どうして話したくなかったかというと、怖いからでも仕事ができるからでも眉が細いからでもない。四十代後半で独身だからだ。結婚が決まったとき、なんとなく、この人には個人的に話さなければいけないような気がした。浮ついた噂《うわさ》として彼女の耳に入ったら失礼だと思ったのだ。失礼だと思うその気持ちこそ失礼だったんじゃないかとか、話さなければいけなかったんじゃなくて話したかっただけなんじゃないかとか、今さら後悔しても遅い。とにかく結婚は流れた。それが噂で伝わるのはやっぱり気持ちが悪いから、自分で言うしかない。そう思った。

＊

いつもの駅で降りて、いつもの改札を抜ける。いつもの町だ。商店街に明かりは灯《とも》っているけれど、明かりなしでもまだじゅうぶんに明るい。パン屋があって喫茶店があって本屋があって、人が行き交っている。何も変わっていない。生まれて二十何年ずっと暮らしてきた町の見慣れた風景だ。それなのに、おかしい。とりつく島がないように見える。町が変わっていなさすぎて、変わってしまった私はもう馴染《なじ》めないということなのかもしれない。

「それはまあ――」

さっき、山吹さんはまあ、あの形に口を開けて目を伏せ、ひと呼吸置いた。

「――大変だったわね。気を落とさないようにね」

口調はやさしげだった。実際にやさしい気持ちでなぐさめてくれたのだと思う。だけど、山吹さんを前にして、ぱちんと場面が切り替わるのを見ているかのようだった。山吹さんの発音にはやさしさというよりは同情が含まれていた。同情されるのがつらいのは、同情される人はする人に一段高いところから見下ろされているのをはっきりと感じてしまうからだ。今、世界が切り替わった、と私は思った。これで私は結婚をドタキャンされた恰好《かっこう》悪い女だ。これからの人生はそういう女の人生になる。

帰り道を歩く足が止まった。じゃあこれまでの人生はどんな女の人生だったんだ？　振り返って目を凝らしても、私の人生なんて見えてこない。譲さんがいなくなって輝きを失ったのではない。はじめからそこには何もなかった。くすんだ商店街の向こうに、ちかちか光るネオンが見える。どうせなら、くすんだ人生よりちかちか光るほうがよかったなあと思う。あの光が、通りを隔てた向こうのパチンコ屋のネオンだとしても。その場違いなネオンが、暮れかけた商店街を明るく照らしている。ぼんやりしていた鼓膜に不意に流行《はや》りの音楽がなだれ込んで来る。パチンコ屋から流れる歌だ。耳の中に詰めていた綿がぽろっとこぼれたような感じだった。

パチンコをやってみよう、とひらめいた。そうだ、そうだった。ずっと前から一度パチンコをやってみたいと思っていたのだ。ひとりでは入りづらくて、かといって誰かを誘うのもなんだし、なかなか機会がなかった。ひょっとすると今がそのときなのかもしれない。

私はふらふらとパチンコ屋の自動ドアの前に立ち、きょろきょろしながら玉を買い、ようやく空いた台を見つけて腰をかけ——そうして十分後には三千円分の玉を使い果たして退散する羽目になった。たった十分ほどの間に表は夕方から夜に変わっていた。ひとりで何もかもに負け続けている気分だった。

パチンコなんて嘘《うそ》だ。ずっと前からやりたかったなんて、一度はやりたいと思っていたのがパチンコだっただなんて、どう考えても嘘だ。私はただ家に帰りたくなかったのだ。破談になってからは家族と顔を合わせるのも気まずくて息を潜めるように暮らしている。道の端の小石を蹴って歩きながら考える。パチンコがまやかしなら、ほんとうは何をやりたかったんだろう。小石を蹴る。歩く。小石を蹴る。歩く。蹴る。歩く。蹴る、で家に着いてしまった。やりたいこともやりたかったこともなんにも浮かばなかった。

家のドアを開けるなり、そうそう、と声がした。ロッカさんが上がり框《かまち》のところで腰に手をあてて立っている。なんでこの叔母は普通に家にいるのか。きちんとしていればまずまずの目鼻立ちなのに、いつもほとんどすっぴんでてろてろのワンピースを着て、どうしてこう色気がないんだろう。

「普通はまずおかえりって言うんじゃない？」

「おかえり」

ロッカさんはそれからあらためて、そうそう、と言い直した。

「――あすわ、リストはできた？」

「何のリスト」

ロッカさんの友達の出産準備品リストなら早々につくってファクスしたはずだ。

「リストって言ったらドリフターズ・リストよ、前にも言ったでしょ。やりたいことをぜんぶリストにするの」

忘れていた。というよりそもそも覚えてもいなかった。そういえば漂流者のリストがどうしたこうしたと言っていた気がする。ロッカさんの隣をすり抜けながら、また面倒なことを言い出したものだと思う。失意のうちにある人間はわざわざリストなんてつくらないのだ。やりたいことなんてひとつもありはしないのだから。

「忘れてたんなら今これから書こ。まだ夕飯までしばらくかかるって」

階段を上る後ろをロッカさんがついてくる。

「今、なんか聞こえたけど。あすわ、チッとか言わなかったよね？」

「言ってません」

チッなんて言ってないけど、舌打ちくらいはしたかもしれない。ほんと言うとケッでもいいところだ。譲さんにふられてすぐのあの日、不覚にもロッカさんの膝で泣いてしまった。以来、面と向かって顔を合わせるのが照れくさくてしかたがないのに、ロッカさんのほうは何も気にしていないようで拍子抜けしてしまう。

二階の自室に入って電気をつける。当然のようにロッカさんも入ってきて、机の脇に私より先に座り込んでいる。ベッドの下に手を伸ばし、そこにあった雑誌を引き寄せて、なんだ、と非難がましい声を上げた。

「これ新しい号じゃないじゃん。もうとっくに出てるはずだよ」

「出てるんなら買ってよ。たまにはロッカさんが買って貸してくれたっていいんじゃない」

「そうか。そうだね」

今初めて気がついたというふうにロッカさんはうなずく。もしかしてロッカさんって頭悪いんじゃないだろうか。

「ほらほらあすわは早く書く、キティちゃんが待ってるよ」

そう言って手で私を払うようにして自分は雑誌のページをめくりはじめている。

キティちゃんは学習机についているキャラクターだ。なるほど私が座るのを待っているように見える。赤い椅子を乱暴に引き、どしんと腰を下ろした。ぜったいに大事にするからと頼み込んで小四のときに買ってもらったキティちゃんはいくらなんでももう古い。まさか二十年近く経っても使い続けているなんて、あの頃は思いもしなかった。このたびの破談だってそうだ。たった一週間前には思いもしなかったのだ、二十年前の私がキティちゃんに飽きる日が来ることを予測できなくて当然だったと思う。

机の隅にまだ積んであったウエディングドレスのパンフレットを取り、その表紙の余白にボールペンで書きつける。

一、食べたいものを好きなだけ食べる、

二、髪を切る、

三、ひっこし、

四、おみこし、

五、たまのこし、

表紙を引きちぎってから椅子ごと振り向き、ベッドに寄りかかって一号遅れの雑誌を読んでいるロッカさんに突きつけた。

「何これ」

「だからリスト」

ロッカさんは破った紙片を私の手から受け取り、しげしげと見てから言った。

「何これ」

「だからリストだってば」

「食べたいものを好きなだけ食べる。ってあすわ、あんたいつも食べてるじゃないの」

食べていなかった。挙式を控えて曲がりなりにもダイエットしていたつもりだった。

「で、ひっこし、おみこし、たまのこし。ふーん、さすがは国文科。ここで韻を踏んでみたんだね」

「引っ越ししたいし、お神輿《みこし》見たいし、玉の輿に乗りたい、ってこと。だいたいあたし国文科じゃないし」

「ああ、そういえばあすわは小さい頃からお神輿が好きだったねえ。お祭りの朝は、お囃子《はやし》が聞こえてくるともうそのへんで踊り出してたよ。それにしても今でもお神輿に乗りたい願望があるとはね、そこまで好きだったとは知らなかったね」

「違うって、乗りたいのはお神輿じゃないって」

ごはんよー、と下から母が呼んでいる。しまった、手伝いそびれてしまった。支度を手伝わない場合は後片づけを引き受けるのが我が家の決まりだ。

「……ロッカさんのせいで皿洗いだよ」

椅子から立ち上がりながらため息をつくと、ロッカさんも両眉をぴょんと跳ね上げ、しまった、とつぶやいた。

「姉さん、客にも容赦なく手伝わすんだからなあ」

こう頻繁に現れて家族同然にふるまうくせに客のつもりでいるほうが不思議だ。

夕食の後、母がお茶を淹《い》れながらうれしそうだ。

「今日は後片づけがないから楽だわあ」

破談以来おろおろしていたのがやっとひと息ついたという感じか。ロッカさんが来ると家の空気の濃度が薄まるようで、その点ではちょっとばかり助かっている。私より十ほども年上のロッカさんが独身だということも、もしかすると家族の平穏にひと役買っているかもしれない。

茶碗《ちゃわん》を流しに運ぶロッカさんの鼻の頭には皺《しわ》が寄っていた。

「安彦は？　あんたも支度手伝わなかったでしょ」

ロッカさんの声に兄はへへんと笑った。

「俺、夕飯の買い物に行ったの。悪いけど立派に手伝ってるから」

偉そうに言うほどのことでもない。フリーターなんだから買い物くらいあたりまえだ。長男のくせに責任感なんてぜんぜんなくて、たらたらしてるばっかりでまともに働かないし、もともと見栄えしないのに服装にかまわないからたぶん彼女ももうずっといない。伸びきったスウェット姿を横目で見て、私は兄とは違う、とこれまで何度も思ったことをあらためて思う。新卒以来ちゃんと正社員を続けてきて、少しだけど家に生活費も入れている……兄を引き合いに出して虚勢を張ればいちばんむなしいのも自分だ。まじめに働き、まじめにお金を貯《た》め、まじめにひとりの人とつきあってきて、それで今、奈落の底にいる。

ふと見ると、ロッカさんが揺れていた。いや、弾んでいるのか。首を小刻みに振り、リズムを取っているようにも見える。

「何やってるのロッカさん」

お皿を重ねて流しに運ぶ。その間もぶるぶる揺れるロッカさんが奇妙だ。

「小踊り」

「……小躍りするほどうれしいっていう、あの小躍り？」

「ん、ちょっと違う。さ、早くお皿洗っちゃうよ」

どこがどう違うんだろうと思ったけれど、それ以上追及するのも面倒で、おかしな小踊りの件はうやむやになった。

「じゃ、とりあえず引っ越しね」

お皿を洗う水音に紛れるようにロッカさんが何気ない調子で言う。

「実行してこそのリストだからね」

引っ越しなんてとりあえずするものじゃない。少なくとも、さっき私が書いたリストの中では二番目にむずかしい項目だろう。玉の輿の次だ。食べたいものを好きなだけ食べたり髪を切ったりは、やる気にさえなればすぐにでもできる。お神輿だって日本じゅうを探せば今このときもどこかで担がれているに違いない。でも引っ越しはちょっと性質が違う。今まで家族四人（それにときどきロッカさんが加わるから四・一人といったところか）で暮らしてきて、突然いち抜けて出ていくことにどれだけ踏ん切りが必要か。助走して助走して踏切板でえいっと跳ぶのだ。早くに家を出てしまったロッカさんには想像もつかない覚悟かもしれない。

あと二か月あまりで踏み切るはずだった。譲さんの会社の近くに新築の賃貸マンションを契約した。家具を選んでカーテンを決め、そこに引っ越すことになっていた。今でもありありと思い出すことができる。新居を決めて帰ってきたら、実家が妙に古ぼけて見えた。なんだかもうよその家みたいだった。お風呂の排水管が詰まったときも、どうせもうすぐ出ていくのだから関係ないやと思ってそのままにしてしまった（後でひどく叱られた）。ところが、破談だ。当然引っ越しも取り止《や》めになり、ここに居続けるしかなくなったのに、いったんよそよそしくなった顔は元に戻らない。家族の顔ではない。家そのものの顔つきが変わったのだ。ここはもうおまえの家ではないと責められているような気がしている。

「オッケーだって」

ロッカさんから電話があったのは翌日だった。

「大家さんに話してみたのよ。そしたら、すぐ近くのアパートにひと部屋空いてるからいつでも越してきてオッケーだって」

「何が」

「誰がどこに越すって？」

「あすわがこっちに越してくるんでしょ」

あたしは、と言いかけてから口を噤《つぐ》む。一瞬、目の前の画像が乱れて、復旧したと思ったら新しい番組が映っていた。そんな印象があった。あたしはべつにそこに越そうと思っていたわけではない、と言う前に、新しい環境でひとり暮らしを始めている自分の姿が浮かんでしまった。

「……じゃあ今度の週末にでも引っ越そうかな」

ピンポン、と番組の中でチャイムが鳴る。正解だ。なるべく早く引っ越すのが正解だったのだ。そう自分を言いくるめることにした。

電話を切ってからはあっという間だった。母に話し、すぐに荷物をまとめにかかり、大家さんに挨拶に行き、ほんとうに翌週末には引っ越してしまった。優柔不断で思考停止になりがちな私にしてはとんでもないスピードだった。思考が停止していたから出せたスピードだったとも言える。父は破談以来の不機嫌をさらに悪化させ、マンドリルみたいな顔でひとことも口をきかなかった。

アパートは二階建て軽量モルタル造り外階段のよくあるタイプで、六畳に小さなダイニングキッチンがついただけの何の変哲もない1DKだけれど、陽当《ひあ》たりはよく、大家さんも親切そうで、駅から近いのも気に入った。ロッカさんのアパートは目と鼻の先だ。しかし当のロッカさんはこの週末は仕事だからと言って引っ越しに姿を見せなかった。

青い畳の匂いのする部屋で壁にもたれて座り、貴重品の入った小箱を開ける。礼金と敷金と前家賃を払ったら、貯金は二百万円を切ってしまった。通帳を見ていつものように倹約モードに入りかけてから、はっとした。この二百万円は結婚資金にと貯めてきたお金だ。今となっては不要なものだし、だいいち験《げん》が悪い。この際、思い切って使ってしまったほうがいいんじゃないか。披露宴や新婚旅行よりはもうちょっと何か有意義なことに——。そうは思うものの、そこから考えが広がらない。やりたいことが何ひとつ浮かばなかったように、お金の使い途《みち》もぜんぜん浮かばないのだった。

窓から差し込む日が翳《かげ》り、部屋が暗くなりつつある。それにつれて気持ちも翳ってきている。台所の流しの上の扉のない棚に、ひっそりとひとつだけ鍋が載っているのが目に入った。実家の納戸にあったそれは花柄のホーロー引きの、たぶん買ったのではなくどこかから引出物としてもらったのに違いない新婚さん向けみたいな鍋で、こうして見ると妙に寒々しい。

その向こうには外廊下に面した窓の磨《す》りガラスがあり、すでに窓のすぐ向こうまでじゃみじゃみした夕闇が迫ってきている。私は今、思っていたのと違う、というより思いもしなかった場所にひとりで来てしまったことを実感していた。誰からも、どこからも、遠すぎてめまいがしそうだった。

お腹《なか》が空いていた。肌寒くもあった。きっとさっきからそうだったのだ。早く気づけよ！　そうでないならずっと気づくなよ！　暗くなってから気づくからこんなにみじめなのだ。壁際で膝を抱え、通帳を握りしめていた私は、おもむろに立ち上がって伸びをする。

「さー、動こうかなー」

その声がむなしく響いて余計に寒々しい。ひとり暮らしを始めると独り言が多くなるという。今のはもしかしてその第一歩だろうか。こうして私は独り言をぶつぶつ漏らす女になっていくのだろうか。

ネガティブになるのはお腹が減っている証拠だ。何か食べよう、と思ってから、後で買い物に出るつもりでまだ何もなかったのを思い出した。途端にお臍《へそ》から力が抜けそうになる。ええい、引っ越し祝いだ、奮発して何かおいしいものを食べに行こう、と思いついたときには自分の頭を撫《な》でてやりたくなった。だいじょうぶだ、私はちゃんと自分で自分を励ませる。しかし、だ。誰とどこで何を食べよう。そう思った瞬間、小さなろうそくの灯みたいに揺れていた希望がふっと消え、私は薄闇の中にぽつんと立っていた。

いきなり電話をかけて誘うことのできる相手をひとりも思いつかなかった。あたりまえといえばあたりまえかもしれない。つい最近まで、いつも譲さんと一緒だった。突然ひとりで放り出されても、すでに友達も、時間の使い方も、忘れてしまっている。

京は仕事だ。美容師をやっているから、日曜の夕方は忙しくて電話をかけるにも気を遣う。郁ちゃんとは約束もなしに日曜にごはんに誘うほどの仲じゃない。ほかには、ほかには、と焦って考えるうちに、いちばん思い出してはいけないことを思い出しそうになってしまった。頭を振って追い払い、なんとかやり過ごした。

それなのに部屋の電気をつけようとして、失敗した。私が電気をつけないとずっと暗いままなのだなあ、と思ってしまった。つまり、私はひとりだった。思い出さないようにしようと努めてきたけれど、もう無理だ。だめだ。私はつくづくひとりぼっちだった。外はずいぶん暗くなってきている。私って案外脆《もろ》かったらしい。早くも挫《くじ》けそうだった。忘れ物を取りにいくふりをして、実家に帰ってしまおうか。それでついでに夕飯を食べさせてもらおうか。

そのとき、コンコン、とドアをノックする音に続き、聞き覚えのある声がした。

「あすわー、いるー？」

ロッカさんだ！　走っていってドアを開けた。

「仕事じゃなかったの？」

聞くと、終わった、とあっさりしたものだ。

「ごはんまだでしょう？　なかむらのスポンジケーキの耳持ってきたよ」

「スポンジケーキの……耳だけ？」

「あれ、あすわ、好きじゃなかったっけ」

好きだけど、夕飯に耳はどうかと思う。

「たまたま通りかかったら出てたんだよ、ラッキーだったなあ。あの店は耳の出る時間が読めないところがミソだよね」

「あのさ、ロッカさん、引っ越し祝いに何かおいしいもの食べにいこうかと思ってたんだけど、一緒にどう？」

「わあ、あすわが奢ってくれるの？」

手放しの喜びようだ。ただでさえつるんとした頬に、赤ちゃんのような赤みが差した。姪《めい》に奢ってもらうなんて複雑な気分だな、などと言いつつ嬉々《きき》として先に立って歩いていく。店は任せてと言うからちょっと心配しながらついていくと、商店街の端っこの定食屋の前で足を止めた。馴染みだというその店は案外感じがよさそうだ。

からからと引き戸を開けて店に入るなり、ロッカさんは私を紹介してくれた。

「この子、姪のあすわ。近くに越してきたばっかりで友達もいないから、よろしく頼むね」

友達もいないからは余計なんだけども。

カウンターに載せられた大皿のお総菜から、これとこれ、とロッカさんが見繕う。それを適当に盛り合わせて、ごはんとおみおつけとお漬け物とで定食になるのだそうだ。

「あすわちゃんってめずらしい名前だね。ロッカちゃんもめずらしいけど」

カウンターの向こうから、クリント・イーストウッド似のおじさんがひょいと顔を出す。

「どんな字書くの？」

「明日の羽、って書きます」

明日羽ばたけるようにと願ってつけられたそうだ。どうせなら今日羽ばたけるようにつけてくれればよかった。明日は、明日は、と夢を見て結局羽ばたけずじまいになりそうな予感が怖い。

「へえ、いい名前じゃない。ロッカちゃんの六花はどんな意味なの？」

おじさんが聞くと、ロッカさんは首を傾《かし》げた。

「さあ。意味は知らないなあ」

私はそれ以上話を続けたくなくて、黙って定食が運ばれてくるのを待った。羽ばたくのは明日より今日がいい。でもほんとうは意味なんてないほうがもっといい。意味のない名前。そこには愛情がある。羽ばたく必要もない。たとえば兄の、安彦という簡単で何の意味もない――父と母の名前から一文字ずつ取られただけの――名前にこそ親の気持ちがあふれている。あるだけでいい。いてくれるだけでいい。六花という名前もたぶんそうだ。響きや字面や何かそこいらへんにあるものでただぽんと選ばれた名前はかけがえがない。

「この店は白いごはんがすごくおいしいんだ」

ロッカさんが声を落としてそう言ったのを、ちょうど背後からお盆を運んできたおじさんが耳ざとく聞きとめた。

「おかずを褒めてよ、ロッカちゃん、毎日丹精込めてつくってんだ。ほら、ひじきの煮付けに入ってる絹さや、まずはこれだけ食べてごらんよ。しゃきしゃきした歯ごたえと甘みが生きるように茹《ゆ》でてあるんだ。そういうとこを掬《すく》ってほしいんだよなあ」

ロッカさんはさらに声を落としてささやいた。

「おじさんが押しつけがましくなければもっといいんだけどね」

そのとき、携帯が鳴った。私のじゃ、ない。たしかロッカさんは携帯を持っていないはずだ。そう聞いた覚えがある。しかしロッカさんは私の目の前で鞄《かばん》から携帯を取り出した。

「ロッカさん、携帯持ってたの？」

「うん。どうしてもの相手にしか知らせてないんだよ、いちいちつかまるの面倒だからね」

悪びれもせずそう言って、携帯を耳にあてた。ひとことふたこと話しただけで通話を切ってこちらを向いた。

「ごめん、あすわ。生まれるって」

そう言うと、さっさと立ち上がる。え、待って、と腰を浮かせる間にロッカさんは慌ただしく店を出ていってしまった。生まれるって、あの、準備をしていた友達の赤ちゃん？　まだ生まれてもいないのに、引っ越し祝いを前に心細い姪を置いて駆けつけるの？

憤りながら、ひとりで定食を食べた。味なんてわからないかと思ったのに、おいしくて救われる思いだった。

「お会計、済んでるよ」

おじさんが声をかけてくれた。

「あと、包んで持ち帰らせるようロッカちゃんに言われてるから」

気にせず残していい、と言ってくれるつもりだったのだろう。ごはんはさすがに無理だったけれど、おかずはロッカさんが手をつけなかったぶんまであらかた食べ尽くしてしまった後だった。

夜道を歩いてひとりの部屋に帰り、電気をつける。青白い蛍光灯の色にふたたび気持ちが萎えそうになる前に首を振る。いきおいよく、ぶんぶん。このままじゃ駄目だ、こんなにすぐに意気消沈したり挫けそうになったりするようでは。どこにあったっけ、あの紙。――台所のカウンターの上、雑多な書類の間に挟まれてそれはあった。ドリフターズ・リスト。溺れそうになった者が藁《わら》をつかむように縋《すが》るリスト。今の私には自分で書いたこのリストしかつかむものがない。食べたいものを好きなだけ食べる、髪を切る、ひっこし、おみこし、たまのこし。鉛筆を出してきて、ひっこし、に線を引いた。ぴーっと消すと思いのほか爽快だ。よし。次は、これだ。携帯を出して、京、のボタンを押す。

「これから行ってもいい？」

引っ越したことを報告したい。でも、それより何より京に頼みたいことがあった。

「今から来ても、もう店終わってるよ」

京の店は都心のお洒落な街にある。ここから出ていったのではけっこう時間がかかるだろう。

「カットモデルなら閉店後でしょ、募集してない？」

「え、してるけど」

と京は声をひそめた。

「勝手にとんでもない髪型にされるから嫌だって、あすわ言ってたじゃない。今なんか夏に向かって相当短くされるかもよ」

「望むところよ」

勢いよく電話を切って、いちばんかっこいい服に着替え、靴を履く。どんな髪型にでもしてくれてかまわない。とにかく髪を切ろう。挫けずに立っているためには、今はリストを道標《みちしるべ》にするしかないと思う。やりたいことをやろう。いったん履いた靴を脱いで、部屋に取って返し、リストのいちばん下に、やりたいことをやる、と書き足した。

3　鍋を買う

あれ、髪切ったんだ。

普段ならそう声をかけられるはずの月曜の朝、出社しても誰からも何も言われなかった。髪型が変わりすぎていて私だと気づかないのか、気づいて臆するのか、ともかく同僚たちはこの短髪から目を逸《そ》らしている。フロアを横切って自分のデスクへ向かいながら、なんとなくいつもより空気が硬いような気がして合点がいった。ははあ、さてはすでに知っているな。皆、私の髪型が変わったから、そしてそれが少々短すぎたから声をかけられないのではない。ここまで短くしてしまったその理由を勝手に想像して声をかけあぐねている。私の結婚が流れたという事実を知ってしまったせいだ。

おはようございまぁす、とことさら明るく周囲に挨拶をして自分の席に座る。今どき失恋したからといっていちいち髪を切ってみせるわかりやすい女子なんかいない。私はただきれいになりたくて髪を切った。それだけのことだから、と自分に言い聞かせた。誰から漏れたのかは考えないようにした。郁ちゃんであるはずがないし、あのとき良識ある態度で励ましてくれた山吹さんだとも思いたくない。私が直接話したそのふたりからでなくとも、噂《うわさ》なんてどこからか簡単に広まるものだ。

「うわあ、あすわ思い切ったねえ」

部署を仕切る衝立《ついたて》の向こうから郁ちゃんが顔を出して素直に驚きの声を上げる。それから、取ってつけたように、

「意外と、似合ってる……かも」

最後は尻すぼみになったけれど、ありがとう、郁ちゃん。

デスクの上のバインダーを開き、今日の予定を確認する。月曜日。午前中に打ち合わせが一件。そっと顔を上げてあたりの様子を窺《うかが》ってみる。いつもと同じ、初夏の月曜の朝だ。いつもと少し違うのは、同僚たちがもうみんな知っている、ことだけだ。けれどどうやら私は髪を切ったことを気軽に話題にもしてもらえないような痛々しい存在になってしまったらしい。軽いめまいを感じて目を閉じる。何秒間かそうしている間に心は決まる。こうなったら、この短い髪で堂々と前を向いていようと思う。

前を向いていよう。そう思えたのは、つい昨日のことだ。京の待つ美容院に向かう電車の中で、私は顔を上げていた。ふと、暗い窓に映る自分の顔を見て、今私はちゃんと顔を上げている、と気がついたのだ。そんなふうに意識したのは初めてだった。これま

での人生、いいときも、悪いときも、顔を上げていたかどうか気にしたこともない。これまではそれでなんとかなってきた。だけど、顔を上げている、という自覚が必要なときもある。顔を上げて、前を向いていよう。それだけで気持ちを鼓舞《こぶ》することができる。これから髪を切りに行く高揚感も力を貸してくれたのかもしれない。やりたいことをやる、とリストに書き込んだ瞬間から続いていたらしい、あの高揚感。もしもこの高揚がいっときのものだとしても、うつむくのはよそう、前を向いていよう、と心に決めたのだ。

何度来ても敷居が高く感じる美容院はすでに閉まっていたけれど、カットの準備をした京が迎えてくれた。カットモデルは若い美容師のための練習台のはずなのに、どうしたわけか今回は京自身が切ってくれるという。

どんなふうにしたいの、と聞くから、どんなでもいい、と答えた。

「え、何？　なんて言ったの」

軽く膝を曲げた京が鏡の中の私に聞く。ケープを掛けられて、てるてる坊主みたいな姿の私は黙って首を横に振る。聞こえなくてよかった。ほんとうは、きれいにして、と口の中で言ってみたのだった。

リズミカルに動きはじめた鋏《はさみ》を、いつもシャンプーしてくれている女の子が食い入るように見つめているのが鏡の奥に映る。本来なら私はあの子の練習台になるはずだったのかもしれない。

しかし、息を呑《の》むばかりで声を上げる間もなかった。丸坊主にするつもりなのかと疑いたくなるくらい、京の鋏には容赦がない。口を挟む勇気が出る前にカットが終わり、頭の形をそっくり縁取るだけの髪しか残らなかった。ケープの上や床やそこいらじゅうに髪の房が落ちている。ついさっきまで私の身体《からだ》の一部だった髪だ。さばさばなんて、ぜんぜんできない。今すぐ拾い集めて持ち帰りたいくらいの気持ちだった。

「はい、おしまい。あすわは頭の形がきれいだからね、それを活《い》かしたスタイルがいいの」

鏡の中の京が、くいっと笑う。

「どう？」

「なんか、すっごく無防備な頭だよ」

私は足元の毛束に目をやり、やっぱりこれを拾って鬘《かつら》にでもしてもらえないものかと思う。

「取り返しのつかないことをした気分」

「いやだ、あすわ、すぐそうやって悲観的になる。髪なんかまた伸びるじゃないの。だいたい、ちゃんと似合ってるってば。ねえ？」

そう言って京が鏡の奥を覗《のぞ》きながら声をかけると、シャンプーの子が慌ててうなずくのが見えた。似合っているという意見にうなずいたのか、髪はまた伸びるというほうにうなずいたのか、そこまでは見破れなかった。

それでも、もう一度流してブロウで仕上げてもらううちに、萎《しお》れていた葉っぱが水を吸ってしゃきんとするように、青ざめていた顔色が暖色系になるのがわかった。たんぽぽの綿毛みたいな、と形容するとかわいらしいけど、短くなった髪はふわふわのひよひよで、なんだか鳥の雛《ひな》の頭みたいだ。これまでの私とはまるで別人のようだと自分でも思う。そうして、ちょっとうれしい。別人になった私。これからの私は新しい私だ。前を向いていよう。

＊

料理なんて誰にでもできると思っていた。だって世の中のきっと百万人くらいのお母さんたちが毎日やっていることだ。ところが、結婚が近づいて、さて、と腕まくりをした瞬間に、一歩も動けなくなった。根拠もなくできると信じていて実際にやってみたらまるでできなかった、悪夢のような過去の実例が一気によみがえってきた。

たとえば、水泳。小学生の頃、海水浴に行って浮き輪で遊んだことくらいしかなかったのに、勝手に泳げると思い込んでいた。学校のプールに飛び込んでから、自分が泳げなかったことを知った。先生に助け上げられ、プールサイドで水を吐いてしばらく転がっていた。男子たちの囃《はや》す声が遠くに聞こえ、空が妙に青く見えたのを覚えている。

それから、そうだ、友達もだ。あれもまだ小学校の一年か二年の頃だった。なんとなく仲よくしている数人の友達がいた。休み時間には教室の後ろでゴム跳びをしたり、連れ立ってトイレに行ったりもした。遠足のときに四人ずつのグループをつくるよう言われて気がついたら、私だけはみ出していた。嫌われていたわけではないと思う。ただ、四人のメンバーに入るにはちょっと親しさが足りなかったらしい。

そのへんの加減を測るのが苦手だ。たしかめもせず○だと思い込んでいて実際には×だった、というケースが多い。それならたしかめればいいものを、行き当たるまで忘れているのが私の最大の弱点だろう。料理についても同じなんじゃないか。もしかしたら、まったくできなかったりするんじゃないか。

「おいしいものをつくろうと思ったら、まずはいい素材。次に鍋。それからつくり手の技術と愛情」

電話で相談すると、京はきっぱりそう言った。

「要はいい素材なんだね、素材さえあればあたしにもできるんだね」

希望に目を輝かせた私を、あのときたしかに京は笑ったのだ。

「あたりまえじゃない、料理なんて誰にでもできるよ」

しかし、できなかった。悪夢は今や現実だった。家でごはんを炊いておみそ汁をつくり、肉野菜炒《いた》めを一品つくるというそれだけの支度に一時間半かかって母をあきれさせた。

泣きついたら、京が、それなら鍋を買いに行こう、と誘ってくれたのだ。

「おいしい料理の八割方は素材なんじゃなかったの」

そうだよ、と京は答えた。

「あとは道具が一割、腕が一割ってとこ。そして、慣れ」

「それでどうして一割の鍋を買いに行くの」

京は切れ長の目を優雅にこちらに向けた。

「ほかになんにもないからでしょ」

なるほど、と深くうなずいてしまう。腕はない。いい素材を常に確保するのも至難の業だ。となれば鍋だ。鍋、と私は自分の脳みその結婚領に刻んだ。あの頃は脳のほとんどが結婚領だった。

ほんの少し前のことなのに、どうしてあんなふうに結婚に向かって突き進んでいけたのか不思議でしょうがない。ちょうど元同級生たちの結婚の波が来ていた、一生自分で稼いでいく自信がなかった、そして譲さんはやさしかった、依存してしまえば楽だと思った。つまり自分の人生を自分で引き受ける気概がなかった。気概なんて今もない。突然持てるようになるとも思えない。なにしろ私には何もないのだ。特技もなければ資格も趣味も美貌も財産も、これといったものは何もなく、その上結婚までなくなった。がらんと空いた脳みそから、結婚領の亡霊のような言葉がぽっかり浮かんできて私を惑わせる。鍋、鍋、鍋を買いに行こう——今となっては料理なんかどうでもいいのに、鍋を買ってもしあわせは戻らないのに。亡霊は無視することもできたけれど、ちょうど私には二百万円を使ってしまいたいという野望があった。

週末に休みを取るのがむずかしい京に合わせ、火曜日の終業時刻きっかりに会社を出た。念願の鍋を買いに行く。これさえあれば、という鍋を。蓋を開けるといつも必ず何かおいしいものが湯気を立てている。その湯気の向こうに和やかな笑顔の誰かがいて、鍋の中を覗いて歓声を上げる。——向こう側に人の姿がないことに気がついたところで、妄想は終わる。いつも同じだ。そしていつも同じ疑問が頭に浮かぶ。自分だけのためにわざわざいい鍋を買う必要はあるんだろうか？

エスカレーターを上ったところで京が待っていた。離れたところからこうして見ると、京はほんとうにきれいだ。すらりとした身体に白いリネンのワンピースがよく似合っている。私を見つけて軽く右手を挙げ、その仕種《しぐさ》にふわっと風が起きたような感じがした。

「あいかわらず辛気くさい顔してるじゃない」

笑う京のハスキーな声と、上背と、それから何かよくはわからない違和感みたいなものが人の心を波立たせるらしい。通り過ぎてから、はっとしたように振り返る人も少なくない。男かよ、と聞こえよがしにつぶやく人もいる。人々の不思議そうな、もしくは好奇の視線にさらされることに京は慣れているように見える。そのせいなのか、京と一緒にいると、強くありたいと拳《こぶし》を握りしめている自分に気づくことがある。なんでもできる京には幼稚園の時分から負けっ放しで、そのたびに助けてもらっているくせにだ。いざというときには私が京を守る、そういう意気だけはあるつもりなのだ。いざなんてときがいつ来るのか、今のところさっぱりわからないにしても。

「よさそうな鍋がいっぱいあるから、まずはひととおり自分で見てごらんよ」

今日もこうして京が先生だ。おすすめの料理道具のセレクトショップに連れてきてもらい、生徒はおとなしくうなずいて棚の間を歩き始める。

そして驚いた。高い。平気で一万円を超えている。二万、三万する鍋もある。実家の母が使っていた鍋も、こんなにしたんだろうか。料理ってもしかしてすごくお金がかかるものだったんだろうか。

値札ばかり見て、おお、とか、うわ、とか、小さな声を上げているうちに、ひとまわりして京と会ってしまった。

「ビタクラフトはすごくいいんだけど」

重そうなステンレス多重層の鍋を持ち上げてみせる。

「ちょっと重いし、使い方にコツがいるのよ。あすわには無理かなと思って」

「失礼だよね京は」

言いながら京のほうへ近づこうとして、目の端に何かすっごくいいものを捕らえた気がした。

「ル・クルーゼだ」

ああ、と京もビタクラフトを置いてこちらへ来る。

「これも重いよ。割れるし。強火厳禁。守れる?」

「守れる守れる」

一瞬にして、ル・クルーゼで煮込みか何かをつくっている自分の姿が目に浮かんでしまった。ただし、古アパートの一室の、西日の差すキッチンの二口コンロの前に立つ私ではない。もっとお洒落《しゃれ》で素敵な私だ。

「黄色がいいかな。緑もきれいだよね」

すでに色を選びはじめている私をしばらく黙って見ていた京は、やがて売り場を離れ、また戻ってきて、まだ決められないでいる私にうんざりしたらしい。

「ちょっと、いい加減にしてよ。決められないってことは、そんなにほしくないってことなんじゃないの」

「違う、違うよ。どっちもきれいで迷っちゃうんだよ。京、決めてよ」

「じゃあ緑」

「でも、この青もすごくいいでしょ。赤はかわいいし」

「そんなら自分で選びなよ。上の階でお茶して待ってるから」

　京は意外と気が短い。

「待ってよ、色も形もサイズもいろいろあってそんな簡単に決められないよ。あ、そうか、両方買っちゃえばいいんだ、黄色と緑。ついでに赤と、青も買っちゃおっかなー」

「自棄《やけ》になってるね」

「自棄じゃないもん、かわいい鍋だからほんとにほしいんだもん」

　京がため息をつく。長い指で髪をかきあげる。それだけで様になるから美しく生まれた人は得だ。と思っていると強い口調で言い渡された。

「今日はひとつにしなさい」

「やだよ、せっかくだから四色とも買いたい。お金ならあるの。使っちゃいたいの」

「お金の使い方はあすわの自由だけどね、誰がル・クルーゼを四つも持って帰るの。ぜったい手伝わないからね」

　それで慌てて黄色に決めた。迷いに迷って、後ろ髪を引かれる思いで、緑や青の呼ぶ声に耳を塞いで。

鍋についてもっと指南されるかと思っていたのに、帰り道でも京はあまり喋《しやべ》らなかった。ただ、あすわが黄色を選んでほっとした、というようなことをぽつりと漏らした。

「黄色がよかったんなら最初からそう言ってくれればよかったのに」

文句を言うと京は笑って、

「あすわが自分で選ぶから意味があるんじゃない。黄色を選んだのは無意識のうちに希望を呼び込もうとしてるってことだと思うよ」

へえ、と相槌《あいづち》を打ったものの納得したわけではない。希望を呼び込もうなんて私はほんとうに思っているんだろうか。そこまで前向きな気分にはまだちょっとなれそうもない。

帰りの電車に乗り込んで、吊革《つりかわ》の前に並んで立つ。荷物が重い。京はほんとに手伝ってもくれなかった。

「あすわは今、頭がカチカチになってるね」

「え、そうかな」

「こないだ髪を切ったときに感じたんだ。触ったらわかるよ、ほんとにカチカチだから」

頭が硬いという比喩ではなく、頭皮が硬くなっているということか。

「それでね、頭がカチカチのときって考えも凝り固まってるから、新しいものを取り入れるのがむずかしいの。さっきもなかなか選べなかったでしょう。やわらかいときならすっと選べるものが、カチカチだとできない」

「じゃあ、どうすればいいの」

電車が減速する。揺れる車内で隣に立つ京の横顔を見上げると、京もこちらを見た。思いがけないくらいやさしい目だった。

「自然にしていればいい。ちゃんと黄色を選べたんだから。そのうち頭がゆるんで、身体も心もゆるんでくるよ。それまでは、ひとつずつゆっくり作業するといいかもしれないね。慌てることないよ、あすわはあすわだから」

鍋の入った重い袋を右手から左手に持ち替えた。電車が止まる。じゃあね、と京が言い、ありがとう、と私は答える。扉が開く。ホームに下りたはずの京の姿は、混み合う人の波にすぐに隠れて見えなくなった。

＊

外廊下に向いた窓を人の影が横切ったと思ったら、足音が部屋の前で止まった。

「あすわー、いるー？」

ドアの向こうで声がする。こないだもこうだった。いるかいないか、周囲に丸わかりだ。防犯上よくないからやめてと言ったのに、いるのわかってるときしか呼ばないよ、と平然としていた。

出ていってドアを開けると、

「ほらやっぱりいたよ」

ロッカさんはうれしそうに紙袋を差し出した。

「いい柿の種が手に入りましてね、お邪魔しますよ」

見れば、村田屋の柿の種だ。柿の種といえば母や兄は袋の底のピーナツばかり拾って食べていた。ピーナツ邪道、と立ち上がったのが私たちだ。その後ふたりで最上の柿の種を探し求め、ロッカさんが見つけてきたのが村田屋だった。村田屋の柿の種は適度に硬く適度に辛く、ピーナツなど最初から入っていない。

「今、お茶淹《い》れるね」

洗いかごに伏せたばかりの急須を取る。この急須も今日の店で買ってきたばかりだ。急須と湯呑みと、ル・クルーゼの黄色いココット鍋とをちょうど洗い終わったところへロッカさんが現れたのだ。

薬罐《やかん》に水を汲《く》んでガスコンロにかける。ロッカさんは座卓のそばに横座りしてきょろきょろしている。おおかた新しい雑誌でも探しているんだろう。

「髪を切る、って書いたんだ」

焙《ほう》じ茶《ちゃ》を淹れながら言ってみた。振り向くと、ロッカさんは壁にもたれてすでに柿の種をぼりぼり食べている。

「あ？　ごめん、何の話」

勝手に読んでいた私のコミックから目を上げ、口元に残っている笑みをごまかしている。

「リストの話。リストに書いたとおり髪を切ってみたら、ほんとになんだかちょっと力が湧いてきたみたいなんだ。ありがと」

「そりゃありストのせいじゃないでしょ」

てっきりリストのおかげでしょと恩に着せられるかと思っていた。たしかに、リストを足がかりにして前向きにがんばったのは私だ。でも、そうあっさりほめられると照れくさい。

「ちゃんと京ちゃんに感謝しなさい」

「なんで京に」

聞き返すと、ロッカさんは座卓の上の湯呑みに手を伸ばしながら今さらのように私の髪をつくづくと眺めた。

「その髪、切ったのは誰」

「京だけど」

ふん、とロッカさんが鼻を鳴らす。

「ぜったいそうだと思った。そんな頭でも平気でいられるのは、あすわがよっぽど信頼している人にほめられたか、もしくはその髪型にした人を信頼しているか」

「ちょっと待ってよ、そんなにこの髪、変？」

「で、ほめる人はまずいない。とすると、やっぱり切ったのが京ちゃんだったことになる」

「ねえ、この髪、そんなに変なの？」

ロッカさんはそれには答えず、

「リスト書き足したんならあたしにも見せて」

柿の種が二粒載ったままの掌《てのひら》をこちらに差し出して催促した。

「見せるほどのリストじゃないよ」

言いながら立っていって広告の裏に書き直したリストを渡す。清書したわけではない。前のリストはウエディングドレスのパンフレットの表紙に書いてしまったので、見直すたびに純白のドレスが目に入っていたたまれなかったのだ。ロッカさんはそれを音読した。

「一、きれいになる。カッコ、髪を切る、エステに行く、服を買いまくる、化粧品を揃《そろ》える、カッコ閉じ、か。なるほどね、それで早速髪を切ったんだね。二、鍋」

そこまで読んで眉根に皺《しわ》を寄せた。

「これから夏だってのに、鍋？」

「鍋料理をするって意味じゃないよ、鍋を買うってこと。もう買っちゃったし」

あそう、とロッカさんは途端に興味を失ったようだ。続けて、リストの先を読んだ。

「三、お神輿《みこし》、四、玉の輿……そういえばあすわはどんな玉の輿に乗りたいんだっけ」

「どんなって。玉の輿にも種類があるの」

「あたりまえじゃない、百台あれば百通りの玉の輿があるの。そのへんはっきりさせておかないと、自分の乗るべき玉の輿が通りかかっても見逃すことになるからね」

玉の輿を一台二台と数えるなんて知らなかった。しかし、それ以上にショックだったのは、自分の乗るべき玉の輿があるという点だ。自分の乗るべきものがあるとしても、それを知らないから乗りようがなかったのか。いや、待てよ。乗るべきもののことは玉の輿とは呼ばないんじゃないか。分不相応だからこそ玉の輿なのだ。

「あのさ、よくわかんないんだけど、玉の輿ってそう簡単に通りかかるようなものじゃないよね。まして、こっちが好きなように選べるわけでもない」

「選べないの？」

ロッカさんは目をまん丸にした。

「どちらかというと玉の輿には選ばれるものなんじゃないかと」

「お人好《ひとよ》しねえ、あすわは。これぞっていうのを見つけたら飛び乗るんだよ。それくらいの覚悟がなくちゃ最初から無理」

そういうものかもしれない。だけどロッカさんに諭されても、なんとなく腑《ふ》に落ちない。

「ロッカさんは玉の輿に乗りたいと思う？」

聞いてみると、いつになく神妙な顔になった。うーん、と唸《うな》って考え込んでいる。即座に否定されるかと思っていたから意外だった。

「まあ、乗りたい玉の輿をイメージしてみるわ。今んとこ、それこそお神輿みたいなもんしか浮かばないからさ」

真顔で言うので、こちらもまじめにうなずいておいた。てっきり結婚になんか興味ないのかと思い込んでいた。

「そんであすわ、このリストだけど」

「うん」

「これで完成？」

「あ、いや、まだ途中」

私の答に満足したようだ。

「そうだよね、このリストじゃ、つまり、きれいになって、鍋を食べて、お神輿を見て、玉の輿に乗ればそれでもう何も要らないと」

「何も要らないとは書いてないでしょう、ほかにも大事なものはあるんだから」

「何」

「え」

「その、ほかの大事なものって。それを書くのがリストなんじゃないの」

「そうなの？　初耳だよ」

大事なものを書くリストだっただろうか。ドリフターズ・リスト。波間に漂う人間が流木に縋《すが》るように、それを支えに生きていくためのリストだ。つまり私はこのリストの項目に支えられて、ぷかぷか流れを漂っているということだ。髪だとか洋服だとか鍋だとかお神輿だとか、なんだかちっぽけなものに支えられているんだなあと思う。もしもすべての項目を遂行することができたとしても、たいしたところへは運ばれそうにない。

前のリストの最後に、やりたいことをやる、と鉛筆で書き足してあった。やりたいことをやってやる。そう思いついたときの、お腹《なか》の芯がぼうっと熱くなるような感じは今もほそぼそと続いている。今度のリストでは、五番目の項目として昇格させておいた。

「ここにある項目は、あすわが望んでいてまだ手にしていないものってことだよね」

「そうだね、あ、もう髪は切った。鍋も買った」

不意に座卓の向こうからロッカさんの手が伸びてきて、私の短髪をくしゃっと撫《な》でた。

「どしたの、急に」

べつに、ともうロッカさんはコミックに戻ったふりをしているけれど、私にはわかる。不憫《ふびん》だったのだ。やりたいことをやる、と挙げるということは、やりたいことをやってこなかったということだから。

二十何年間もやりたいことをやらずにどうしてきたというのだろう。やりたいようにやってきたはずだった。それなのに、やりたいことをやったという自覚がない。そもそもやりたいことが何なのか、具体的に思いつくこともできない。なんともったいない人生だったろう。姪《めい》の不憫さに、ロッカさんは思わず手を差し伸べたくなったんだと思う。

ふと、二百万円のことを思い出した。座卓の上に置かれたリストを取り、六、ぱーっと旅行をする、と書き足すのをロッカさんが見ている。

「へえ、豪勢だねえ、ぱーっと、ってどれくらい？」

「そうだねえ、これくらい？」

ボールペンを持ったままの手を大きくまわす。思いっ切り手を伸ばしても届かなかったようなところへ行ってみたい。ロッカさんはにやりと笑った。

「これさ、ぱーっと、って書いたつもりだろうけど、ぱっーと、になってるよ」

手元の紙をたしかめてみると、ほんとうに「ぱっーと」になっていた。ぱーっとが書けないなんていかにもぱーっとすることに慣れていないみたいだ。そもそも、ぱーっと使い切ってしまいたいだなんて、京の指摘したとおり自棄か、譲さんへの意地みたいなものだと思う。そこからしてすでに相当恰好悪い。

「で、次は何。とりあえずこのカッコの中が手をつけやすそうだね。そんだけ思い切った髪にできたんだから、もう怖いものなしだよね、なんでもできるよ」

そう言ってロッカさんはもう一度リストの項目を読み上げた。

「髪を切る、エステに行く、服を買いまくる、化粧品を揃える。これできれいになろうってわけだ」

書いたときは気がつかなかったけれど、これだって譲さんへの意地なんじゃないか。きれいになって譲さんを見返してやろうって、どこかで思っていた。

「髪は切ったよね。ほかに何かもうやったものある？」

ロッカさんが聞くのを、

「ごめん、これ、もういいや」

と遮った。べつにきれいになんてならなくていい。ふられてきれいになるなんて、見返してやりたくて必死に努力したみたいでなさけない。自然にしていればいいのだと京も言っていた。よくわからないけど、頭をゆるめるってこういうことだろうか。

「実はあたし化粧品ならいっぱい持ってるんだよね。使い切れないから、よかったらあげるけど」

「なんで？　ロッカさんお化粧しないじゃない、化粧品いっぱい持っててどうするの」

「あんたどこに目つけてんの。あたしはいつもフルメイクだよ。でもさすがに使い切れないんだよね、友達が化粧品つくっててサンプルどっさりくれるから」

あらためてロッカさんのつるんとした顔を見る。間近で見ても、しみも皺《しわ》もなくてぴかっと白い。

「どこの化粧品？」

「どこのって、だから、友達がつくってるんだって、ほら、こないだ出産したばっかりの」

「化粧品会社の研究職とかライン勤務とかじゃなくて、ほんとに自分でつくってるの？」

そうだよ、とロッカさんは涼しい顔でうなずいた。そのサンプル渡されるのってもしかして実験台じゃなかろうか。

「とにかくあたしはいいや、今は特にきれいになりたいと思わないから」

断るとロッカさんは怪訝《けげん》そうな目になり、

「だってリストに、きれいになる、って書いてあるよ」

「それは間違い。まずは頭をゆるめたい」

もう一度リストを手にし、きれいになる、という一行に線を引いて消す。それから、頭をゆるめる、と下に書く。頭かあ、とロッカさんはまた私の頭をまじまじと見る。

「じゅうぶんゆるんでると思うけどね」

それから、何気なさそうに付け足した。

「家に行ったみたいだよ、あの人、なんて名前だっけ、渉《わたる》さん？」

心臓が大きくどきんと鳴った。もしかして、譲さん？

「姉さんから聞いた。謝りに来たって」

そういえば、いずれ両親にも謝りにいくと言っていた。今さら謝られたって何がどうなるというのだろう。ぴきぴきぴき、と音がして、頭の血管が凝固する。頭がカチンコチンになっていくのがわかる。手にしたままだったリストの、今消したばかりの「きれいになる」にぐるぐる花丸をつける。

「ぜったい、きれいになってやる」

私がつぶやくのを、ロッカさんが面白そうに見ていた。

4 サルヴァトーレ

ちょ、嘘《うそ》、やだ、痛い。うっ、わわわっ、痛いよっ。痛いじゃないのよっ。

白い布の敷かれた清潔なマットの上で、うつぶせになっている。激烈に痛いのだがそれを口に出す勇気はない。ときどき、う、と堪《こら》えきれない声が漏れるだけだ。

エステティシャンであり、この店のオーナーでもある桜井《さくらい》さんが、フッと笑ったような気がしたけれど気のせいだろう。かなりの力を込めて施術している、その息遣いが、フッ、なんだと思う。思いたい。

みんな、ほんとうに平気でこんなことをやっているんだろうか？ この痛みを耐えがたく感じるのは私の根性が足りないせい？ だいたい、不明なのだ。たかがエステでこれほど痛いものなのか、それとも私だけが特別に痛くされているのか。確かめようもない。

うっすらと滲《にじ》んできた涙を、右手の人差し指の付け根のあたりでそっと拭《ぬぐ》う。いっそのこと、痛いですう、と甘えた声を出せれば気が楽だろうに、それさえもできない。弱音を吐ける強さがない。

元はといえば、京だ。きれいになる、と宣言した私を彼はものめずらしそうに眺め、そしてそれきりだった。もっと手放しで賛成し大いに協力してくれるべきじゃないか？　美容師として着実に名を揚げている彼は、きれいになるための具体的なツールをいくつも掌中に収めているはずだ。それなのにどうしてそれをひとつも教えてくれないのか、せめて何か手がかりだけでもくれないものだろうか。

「あすわには強い味方がいるじゃない。ロッカさんだっけ？　彼女に聞けばいいと思うけど」

しれっとそんなことを言う。きれいになる件に関してはロッカさんが頼りにならないことくらいひと目見ればわかるだろう。

「あの人、いい味出してると思うけどなあ。肌なんかすごいきれいだよね」

そりゃあ肌はきれいだろう。肌はストレスに影響されやすいというから、悩みがなければつるんともち肌でいられるわけだ。

「あたしはね、いい味を出したいわけじゃないの。わかるよね？　きれいになりたいのっ」

怒気を含んだ声で胸ぐらをつかみかけるとやっと京はサルヴァトーレを教えてくれたのだった。知り合いがやってる小さい店だけど腕は確かだから、と。桜井恵《けい》という名前もそのときに聞いた。どこかで聞いたような名前だと思ったけれど、気のせいかもしれない。

サルヴァトーレに来てすぐに間違いだったことを思い知った。この店に来たことも、そもそも京に紹介を頼んだことも。

どの街の駅前にもあるような、明るくオープンな雰囲気のチェーン店にすればよかった。私は一日に何十人と訪れるお客のひとりとして流れ作業式にきれいにしてもらえたはずだ。少なくともこんなに居心地の悪い思いを、それにもしかしたら痛い思いも、しなくて済んだかもしれない。

ここはすごくシックで、上等で、きれいな女しか入っちゃいけない店だった。それならそうと看板に書いておいてくれればよかったのに。あるいは電話で予約をした時点で確かめてくれればよかった。うちはある程度以上の女偏差値のある方しかお受けしていませんがよろしいですか？

まず、ドアを開けた瞬間に、しまった、と思わせられた。だいたい自動ドアじゃなかった時点で気づくべきだった。重厚なオークのドアを押して入る、その姿をドアの内側から見られていたのではないか。ドアを優雅に開けられるかどうかできっと勝負はついている。

いらっしゃいませ、と現れた女性がひどく美しくて、棒立ちになった。次の瞬間、今開けて入ってきたドアからしゅるしゅるっと後退って帰ってしまいたい衝動に駆られたわが身がなさけない。桜井と名乗ったその女性が、電話で予約をした相手であり、京が紹介してくれた人であり、つまりこの店のオーナーであるという。

対して私は、品のいい住宅街にある店にふさわしい小ぎれいな恰好をといったんは考えたものの、クリームやオイルを使ってマッサージなんかもするだろうし、気に入りの服が汚れたら嫌だという気持ちに圧《お》されてしまった。結局、ワードローブの中のランキング三位くらいのブルーの小花模様のワンピースを選んだのだけど、果たして一位の黒いシルクのワンピースでもどうだったか。何を着たところで、太刀打ちできるような店では到底なかった。

それでも一位を着てさえいれば、もう少し自信を持てたのかもしれない。悪くないと思っていたワンピースの、プリント地の薄っぺらさが恥ずかしい。もともとは二年前の一位だった。丈はもう少し短いほうが今年っぽかったろう。それから、靴。通された応接用のソファでは、明らかに磨かれていないコンビのローヒールをソファの下に隠してしまいたくなった。

桜井さんは私の服や靴など一向に気にしないというふうに、形のいい唇の両端を完璧に持ち上げて、親しみを表してみせた。大人の女性である。しかし、サロンのオーナーというには若い。たぶん私よりいくらか年上でしかないだろう。じゃあ三十か、三十五か、と問われれば、どちらも違うような気がする。年齢不詳に近い。謎めいているのも魅力だ。陶器でできた人形のような白い肌とぱっと可憐《かれん》な顔立ち、栗色《くりいろ》の豊かな髪、くっきりとメリハリのあるボディ。黒い制服がそれらを品よく包み込んでいて、さすがはオーナーだと思わずため息をつきそうになる。ここでエステを受ければこんなふうに――とまでは言わなくても、こういう方向で――きれいになれるのだろうか。

温かいハーブティーが出され、ライチのような香りのそれを飲むうちにようやく気持ちがほぐれてきた。そのタイミングをぴしっとつかんで、彼女がインタビューを開始する。もっとも、彼女がインタビューと呼ぶだけで、実際は緩やかな問診みたいなものだ。ここでエステを受けることによって、どんなふうになりたいのか、何を目指すのか。自分の身体《からだ》のいちばん好きなところと嫌いなところ、それから、どんな仕事をしているのか、好きな映画やよく行く街、かかりやすい病気、女性に生まれてよかったと思うところ、よくなかったと感じるところ、食事の量、得意な色。

すわり心地のいいソファで、低めのやわらかな声で問われていくうちに、じんわりと満足感にくるまれるのがわかった。まるで何かの主役になったみたいな気持ちだった。こんなにこまごまと興味を持ってもらえる私って、なんかいい。これまでいったい誰が私の得意な色など聞いてくれただろう。

淡く紫がかったような水色、と質問に答えてから、ふと引っかかった。

「好きな色じゃなくて、得意な色？」

ええ、と向かいの席で桜井さんは微笑《ほほえ》んだ。色に対して得意だとか苦手だとか、そんなふうに考えたこともなかった。似合う色ということか。きっとこの人ならどんな色も得意なんだろう。私が尻込みするような色でも、彼女ならやすやすと従えるばかりか、その色の力を借りて新しい魅力を開くことだってできるに違いない。色だけじゃない。この人に不得手なんかあるわけがない。

ああ、そうか。私はそっと目を上げて桜井さんの美しい顔を見る。きっとこの人はさいなものが苦手なのだ。たぶん、蜘蛛《くも》だとか、蛙《かえる》だとか、そういう他愛《たわい》もないもの。熊や蠍《さそり》なんかじゃいけない。あぶらぎった親父《おやじ》が苦手だというのもNGだ。取るに足らない苦手を告白したところで、逆にその弱さがかわいらしく思われて引力が増す——いいなあ。苦手まで武器に代えてしまう、得意なものだらけの人生って。きっと見える景色がぜんぜん違うんだろう。もちろん失恋なんてありえない。

「……あすわさん？」

呼ばれて我に返った。どうもいけない。この頃は、状況をわきまえず妄想スイッチが入ってしまう。

「失恋したこと、ありますか」

小さな声で聞いてみる。答はなかった。ちっぽけな質問は行き場をなくし、カップの中の若草色の液体にくるくるまわって溶けていった。

「では、こちらへどうぞ」

完璧な微笑みとともに案内されたのは隣の部屋――今、私が寝そべっている部屋だ。落とした照明の中に品のいい調度品が置かれている。静かな弦の音がどこからか響いてくる。肌ざわりのいいローブに着替え、丁寧に足湯をしてからマットに寝転び、今に至る。雰囲気だけですでに酔っていた。極上のマッサージによるうっとりと夢見るような時間を期待していた私は、最初に足の裏を揉《も》まれた時点で、ひっ、と息をのむことになった。

リンパドレナージュというのは、簡単に言えばマッサージによってリンパ液の流れをよくするものらしい。人によってはほとんど痛みを感じないそうだが、リンパ液が滞っていると痛い。確かにそう聞いてはいた。ただし、これほど痛いものだとは誰も教えてくれなかった。

足裏からふくらはぎ、太腿《ふともも》へとマッサージは移動していく。相当力を入れているだろうに桜井さんは呼吸ひとつ乱さない。こちらが痛くて歯を食いしばっているときに、穏やかな口調で聞いてくる。どんな肌になりたいかとか、誰をきれいだと思うかとか。もしかして、きれいな人、それは桜井さんです、桜井さんみたいな肌になりたいです、と答えなければ解放してもらえないのだろうか。そんな思いがちらりと脳裏を過《よぎ》る。違う。

落ち着け。今、私はエステを受けているのだ。逃げることを考えてどうする。

「好みのタイプは?」

はい、それは桜井さんです、と自動的に答えそうになって頭を振る。これは単に先ほどのインタビューが続いているだけだ。果物は好きか、何を着て寝るか、運動の習慣はあるか、といった類の。私はただそれにひとつひとつ答えていけばいい。彼女がそれを拾い上げて私をきれいにしてくれる。これはあくまでもその糸口となる質問なのだ。好みのタイプ、それは昔も今も、グレゴリーさまだ。『ローマの休日』のあの新聞記者役を思い出すだけでしあわせな気分になれる。グレゴリー・ペックの「グ」を言ったところで、彼女は続きを聞かずに質問を重ねた。

「京ちゃんとはどんな知り合いなのかしら」

グレゴリー・ペックの顔が京の顔にすり替わる。うっかり、きれいになるためにはやっぱり京との関わりが重要なのかと考えそうになってしまった。それほど彼女の口調は自然だった。

「それは、こ、個人的な質問ではありませんか」

私の質問に、彼女は、フッと笑った。やっぱりだ。さっきのフッも、笑っていたのだ。

「もちろん、質問はすべて個人的なものです。あなたについての個人的なもの」

ほんとうに私についてのものだろうか。この人の個人的な思惑が絡んでいるんじゃないのか。気づかなかっただけで、もしかしたら今までにも誘導尋問みたいなものがあったのかもしれない。たとえば京との共通の趣味の有無などもそれとなく確かめられていたとか。

今しがたの彼女の質問がゆっくりとよみがえる。

――京ちゃんとはどんな知り合いなのかしら。

知り合い、と言ったのだった。どんな関係かと聞くほどでもないと見たのだろう。

「深い関係です」

痛さに口を歪《ゆが》めつつも、きっぱり答えた。一瞬、施術の手が止まった。三歳の頃から四半世紀にも及ぶ関係が深くないわけがなかろう。うつぶせになっているから彼女の表情は見えない。見えなくてよかったと思う。笑っていない美人の顔ほど怖いものはない。

お疲れさまでした、と彼女は深々とお辞儀をした。顔には何事もなかったような微笑がきれいに広がっていた。

「時間はだいじょうぶ？」

急に砕けた口調で聞かれて、時計を見る。店に入ってから優に二時間を超えている。しかし、週末とはいえ他に何の予定もない。だいじょうぶかと言えばまったくだいじょうぶなのだった。

「お茶を一杯いかがかしら」

かしら、という語尾がまったく不自然でない。美人は言葉遣いからして私とは違う。

「いただこうかしら」

そう答えてから顔が赤くなるのがわかる。似合わなかった。

「いただきます」

小声で言い換えて、するとなんだかちょっと元気が出た。対抗心を燃やすだけ無駄だと早々に悟っていた頭に追いついて、ようやく気持ちのほうも納得したようだった。

桜井さんは部屋から出ていき、すぐにポットとカップを載せたトレイを持って戻ってきた。

「もう施術は終わったから、そんな緊張しないで。私ももう仕事じゃないから」

「このお茶は仕事じゃないんですか」

桜井さんはにっこりと微笑んだ。

「仕事はきちんと終えたわ。あとは、もしよかったらあすわさんとお茶を飲みたいなあって思ったの」

「どうしてでしょう」

警戒して尋ねる。もしかしたら、京とのことを聞きたいのかもしれない。いや、京とのことではなく、京のこと、それだけを聞きたいのかもしれない。

「さあ、どうしてでしょう」

桜井さんはポットを取って、紅《くれない》のお茶をカップに注ぎ分ける。

「京のこと、気になりますか。桜井さんこそ、京とはどういう知り合いなんですか」

私が聞くと、彼女はうふふと笑って答えない。

「おもしろいわねえ、あすわさんは。京ちゃんが力を入れるのもわかるわ」

「何のことですか。京は力なんか入れませんよ。あたしに対しても、他のいろんなことに対しても」

「それはちょっと理解不足ね。京ちゃんがかわいそう」

そう言ってかすかに眉根を寄せてみせたけれど、すぐに明るい声を出した。

「京ちゃんにすれば必死にもがいてる妹か何かを見ているような気持ちなんでしょうね」

「それってもしかして、必死にもがいてる妹か何かというのが、あたしに当たるわけですか」

「そういうことになるわね」

妹か何か。まあいい。出来の悪い妹分、言われてみればそんなようなものかもしれない。京がよくできた姉か兄みたいなものなのだから。

「さっき、たくさん質問されましたよね」

「インタビューのこと？」

「あれはどういう意味があるんですか」

「レシピエントをよく知るためにインタビューするの。その人のことを知らなくちゃ、どんなきれいがほしいのか、わからないでしょう」

「あたしはどんなきれいがほしいんでしょうか」

桜井さんはちょっと笑った。微笑むのがこの人の流儀かと思っていたが、今回のはそこから少しはみ出していた。

「あのね、あすわさん、質問の最初と最後がうまく嚙《か》み合っていないと思うの。あなたがどんなきれいをほしがっているのか、それをつかんでそうなるよう持っていくのが私の仕事。まずはあなた自身がどんなきれいがほしいのか知らないと、話にならないでしょう。あなたが私に聞くのはおかしいわ」

「あたし、おかしいんでしょうか」

桜井さんは今度はさっきよりもっとはっきりと笑った。

「あなたって日本語を理解するのが得意じゃないのね」

そうなのだ、得意じゃないことだらけだ。今の私は人の話を素直に受け取ることができなくなっているんだろう。それが話をややこしくする。

「あすわさん、ちゃんとわかっているはずよ」

「日本語ですか？　わかってるつもりです。っていうかわかってないと、あたし、英語もフランス語も喋《しゃべ》れないんだし」

話の本質に迫られるのが怖い。何もかも見透かされているのではないか。とぼけたふりをして、はぐらかせるものならそうしてしまいたかった。それなのに桜井さんは私から目を逸《そ》らしてくれない。

「そうじゃないでしょう。どんなふうにきれいになりたいのか、どうしてそれを望むのか、ほんとうはわかっているってこと。でも、あなたは今、目が曇っていてよく見えないのね」

「桜井さんには見えるんですか」

私の目指すべききれいも、目の曇りを拭うワイパーの動かし方も、この人には見える――としたら、どうして？

「――あの質問で見えたってことですね」

質問に答えたのは私なのに、当の私にはぜんぜん見えていない。目が曇っているとか、頭がカチカチになっているとか、最近ろくなことを言われないけれど、たぶん当たっているんだろう。

「あの質問はね、答が重要なんじゃないの」

桜井さんは紅茶をゆっくりと一口飲んだ。カップをソーサーに戻したときに、かちりと磁器のぶつかる音がする。

「質問に対する反応のしかた、それであなたのことがわかるの。あなたが何でできているかっていうこと」

「何でって――」

今朝食べてきたものを思う。白いごはんに納豆、しらす、焼き海苔《のり》。それに麦茶だ。そんなささやかなもので私がつくられているということがこの人にはわかるのか。

「今、どうしてあなたなんかにわかるんだろう、って思ったでしょ」

桜井さんは心持ち顎を上げ、自信たっぷりの顔になる。ちょっと違ったが黙っていた。

「あなたが何を大事にしているか。それはね、この手からじかに伝わってくるの」

そう言って彼女はぴんと指を伸ばした両の掌《てのひら》を、目の前に掲げてみせる。

「大事なことを話そうとすると、身体《からだ》に力が湧くのね。マッサージをしているとそれが手に取るようにわかるのよ。あなたの身体が反応したのは、食べもののことを聞かれて答えていたとき。つまり、あなたは食べものを大事に思って生きているということ、あるいは大事にしていくといいということ」

「あの、それは、誰でもそうなんじゃないですか。食べものには誰だって関心があると思うし、身体も反応しやすいんじゃないでしょうか」

「そうでもないわよ。ここへ来る人はたいてい美に対して強い思い入れがあって、食べものは二の次、三の次の人が多いの。あなたみたいに、生きることと食べることが直結している人はどちらかといえば生きやすいはずなのよ」

つまり、ただの食いしん坊ということじゃないか。私の身体は食べものなんかに反応して、きっときれいになることにはさほど関心を示さなかったんだろう。こんなんで、きれいになれるんだろうか。

「あとは、京ちゃんね。いちばん力強い反応が返ってきたのは京ちゃんとのことを尋ねたときよ。大事にしなくちゃね」

それは、どんな知り合いか、などと聞かれたからだ。知り合いなんかじゃないと言いたかった。それで反応が大きくなっただけだと思う。

ところで、と桜井さんは優雅に脚を組んだ。この脚の美しさは生まれつきのものなのか、それとも努力の賜《たまもの》か。釘付《くぎづ》けになった視線をなんとか持ち上げた私に、彼女は艶然と微笑んだ。

「敬語を使ってもらうのはうれしいんだけど、もしかして、勘違いしてないわよね？私、京ちゃんと同じ年だから。あすわさんともそう変わらないんじゃないかしら」

そう変わらないんじゃない。まったく同じ年だった。

負けた。損した。驚いた。実際に浮かんだ感情の順番は逆だった気もする。まずは驚いた。年上だと思い込んでいたから自然と敬語になったのだし、ああタメ口でよかったんだ、敬語なんか使って損したと感じたのはその後だったはずだ。敗北感はいちばん後からやってきた。そうしていつまでも胸を離れなかった。若ければ若いほどもてはやされる世の中なんて私だって嫌だ。それでも漠然と年齢で「勝った」「負けた」と判断することがなかったとはいえない。いつまでもチーフになれない先輩には、仕事の出来ではなく同じヒラとして若さで「勝った」。短卒で入社してきた後輩の頬のハリに「負けた」――結局は、年齢なんじゃないか。

だからこそ、目の前にいる人と鮮やかな勝負がついた気がした。「負けた」。もしもこの人が最初の印象どおりの年上であったとしても、完全試合だ。負けすぎて同じフィールドにも立てなかっただろう。

あ。同じ年――京とも私とも――と聞いて、思い出してしまった。桜井恵。どこかで聞いた名前だと思っていたけれど、美容の専門学校に通っていた頃、京と首席を争ったという人の名前ではないか。ケイという音の響きから男だとばかり思い込んでいた。もう、七、八年前になる。結局京が一番だったんでしょう？　と尋ねたら、当然よ、と微笑んで、だけどなかなか手強《てごわ》い相手なのよ、と付け加えたあのときの京の顔。頬に赤みが差し、涼やかな目に不敵な光を湛《たた》えていた。好敵手っていいもんだなあ、なんてひそかに羨ましく眺めたものだ。京にあんな顔をさせたのは、この人だったのか。

「それから、さっきの質問だけど――」

なんだっけ、私はまだ何か質問していたんだっけ。

「こう見えても何度もしてるわよ、失恋」

そう言って彼女はちょっと胸を張った。京に？ と思うそばから打ち消している。好敵手だったんだ。幼なじみより、もしかしたら恋人より、強いかもしれない。

大げさに胸を張ってみせている彼女につられて私の胸もゆらりと揺れる。このたびの失恋は、胸を張るようなことでは、たぶん、なかった。でもこの人がそうするなら、私も真似《まね》をして胸を張ってしまってもいいのかもしれない。そんな気持ちが芽生えている。

失恋して、いろんな感情を知った。悲しいとか、寂しいとか、悔しいとか、憎らしいとか、恥ずかしいとか、たまにちらちら降ってくるものだと思っていたそれらの感情は、気づかなかっただけで私の中に眠っていた。いったん目覚めた感情の源泉は、ごちゃ混ぜになって噴き上げる。譲さんのことを思うと激情に飲み込まれ、悲しいんだか悔しいんだかさえよくわからなくなった。こんな感情を持て余す自分に胸を張るのではない。ただ、失恋をせず、自分の中の濃い感情にも気づかず、のほほんと暮らしていれば胸を張れるわけでもない。悲しみのあまり取り乱してしまう人も、憎しみをじっと堪えている人も、もはや他人事じゃない。ときには激怒したり、恥ずかしいことだってしてしまったり、いろんな感情が私の中にも、そして隣にいる誰かの中にも潜んでいるのだ。それを知っただけでも失恋の価値はあるってもんじゃないか。

「失恋してきれいになるのよ、女は」

そう囁《ささや》いた桜井恵の目。黒く光って吸い込まれそうだった。同性ながらほれぼれした。

外は小糠雨《こぬかあめ》が降っていた。傘をまわして駅へと向かう。梅雨明け前の蒸し暑さを、肌にまとわりつくような雨が冷やしてくれる。意気揚々とサルヴァトーレへ向かったときの自分と、どこかですれ違ってしまったような感じがしていた。あれだけ痛かったのに、リンパドレナージュが効いている実感は特にない。とにかく腕のいいエステティシャンに施術してもらいさえすれば、ひと皮むけてきれいになれると信じていた。まさか、きれいになった感触がつかめないばかりか、きれいって何だろうなどという新たな疑問を持ち帰ることになるなんて、予想もしていなかった。

きれいって何？ きれいってどういうこと？ そのへんの人を片っ端からつかまえて聞いてみたい気分だったけど、そんなことをしたって意味がないこともわかっている。誰かの答じゃしょうがない。私は私のきれいを探さなければ。

路線図の前で少し迷ってから、実家のある駅までの切符を買う。

またぜひいらして、と桜井さんはあのオークのドアを開けて見送ってくれた。サルヴァトーレの料金が少々高くても、彼女のように美しくなれるなら喜んで通うに違いない。

でも、私は彼女じゃない。もしもある程度きれいになれたとしても、その美を保つには毎日どれだけ手をかけなければならないだろう。きれいになることをリストのいちばん上に挙げて、それを死守していくような生き方が私にできるだろうか。

銀色の電車に揺られながら、バッグの内ポケットから折りたたんだ紙片を取り出してみる。広告の裏の、ドリフターズ・リスト第二弾。そこには、きれいになる（髪を切る、エステに行く、服を買いまくる、化粧品を揃《そろ》える）、とはっきり書いてあった。ほら、ぜんぜん見えていない。そんなんじゃ駄目なんだよ。無邪気だった自分に耳打ちしたくなる。

はっきりしたものが見えているときは、気づかない。はっきりしているように見えるものこそ疑ったほうがいい。化粧をしたらきれいになれるか、高い服を着ればきれいになれるのか。そして、そういうきれいを私はほしいのか。うん、とうなずいてしまいたい私を引きとめる私がここにいる。こんな、誰でも思いつくような手軽な答できれいになろうなんて、十把一絡《じっぱひとから》げのきれいにしか近づけないだろう。

もっと、質問をしよう。ちゃんと、自分のことを知ろう。

サルヴァトーレでたくさんの質問を受けて、うれしかった。たとえ仕事であっても私のことを知ろうとしてくれる人がいることに励まされた。しかし、それだけでもなかったらしい。私は自分についてひとつずつ考えて丁寧に答える、その過程を楽しんでいたのだと思う。桜井さんは言っていた。その人のことを知らなくちゃ、どんなきれいがほしいのかわからない。ほんとうにそのとおりだ。誰かのことを知るよりも、誰かに知られるよりも、今は自分を知りたい。何に興味があって、何をやりたいのか。どんなきれいがほしいのか。

帰りに実家に寄るつもりだった。エステに行ってきれいになって、少し自信を回復したら、行ける。この間、譲さんが謝りに訪れたという、そのときの様子を聞きに。ところが、電車に揺られるうちに気がついてしまった。今日はまだ無理だ。このまま、きれいってどういうことなのか、私に何が足りなかったのかもわからないまま、譲さんの弁明を伝え聞く気にはなれない。また気持ちを揺さぶられ、惑わされ、泣いたり恨んだりしてしまいそうだ。

降りるはずだった駅を通り越す。今の私が降りるのはこの駅ではない。ここから三つめの、小さな駅。あの町でもう少しがんばってみよう。私にたくさん質問をして、たくさん答えよう。

引っ越してきてまだひと月足らずなのに、古ぼけた階段にも、ひとつしかない改札にも、すっかり馴染《なじ》んだ感がある。駅舎を抜けると雨はすっかり上がっていた。駅前の八百屋さんで、トマトと玉葱《たまねぎ》と茄子《なす》とオクラとピーマンを買う。何をつくろうと考えたわけでもない。とりあえず、籠に盛られた色鮮やかな夏野菜たちを連れ帰ろうと思った。

「いいねえ、ラタトゥイユ?」

聞き覚えのある声に振り向くと、ロッカさんが立っていた。散歩の途中なのか、それともどこかからの帰りなのか、部屋着だか外出着なんだか微妙なチュニックにスパッツを穿《は》きサンダルをつっかけている。

「それともフリッターにする? 夏野菜のカレーもいいなあ」

そうだ、失恋をして初めてこの掌に載ったものも確かにあった。ささやかなそれらをこぼさないように、私はこっそり掌を握りしめる。自分がひとりではなんにもできなかったこと、いろんな人がそれを支えていてくれたことにも、遅ればせながら気がついた。

「あすわが越してきてくれてよかったなあ」

満足そうに少し前を歩いていくロッカさんにはときどき疑問を感じることもあるけれど。

「ロッカさん、ラタトゥイユはあたしがつくるから、パスタかスープつくってよ」

後ろから声をかけると、えっと驚いたように振り返った。

「いいの? あたしがつくっても?」

「いいに決まってるじゃない、まさか今まで遠慮してたとか言うんじゃないでしょうね」

夕食時になるとなぜかロッカさんが現れることがたびたびあった。ちょっと寄ってみたよ、などと言うのだが、駅からはロッカさんのアパートのほうが近い。帰りに寄るには無理がある。ひとりでごはんを食べるよりはふたりのほうがずっといいから今までうやむやにしてきたけれど、よく考えればロッカさんの部屋に招かれることはほとんどないのだった。

「遠慮じゃないよ、みんなあたしに料理つくらせてくれないからさ、あたしの料理ってそんなにまずいのかって心配だったんだ。よかった、今日は腕を振るうからね」

ロッカさんはうれしそうに笑った。みんなって誰だ。ロッカさんの料理を断った人がそんなにいるのか。いや、ロッカさんの料理はそんなにまずいのか。そこがいちばんの問題かもしれない。

「じゃあ、後で行くから。ラタトゥイユだけお願いね」

鼻歌交じりでロッカさんは手を振り、かんかんかんと音を立ててアパートの階段を上っていった。

5 青空マーケット

ロッカさんが嘘《うそ》をつく人じゃないことは知っていた。まして謙遜なんかする人じゃないってことも。

自分の不注意さを嘆くしかない。ちょっと気をつけていればわかることだった。ロッカさんは、「みんなあたしに料理つくらせてくれない」と自ら言ったのだ。つくらせてくれない、その理由は、まさかこの叔母がお姫さまのように大事にされているからではないだろう。「あたしの料理ってそんなにまずいのかって心配だった」とも言っていたじゃないか。どうして聞き流したんだろう。つくらせてもらえない理由は、つくることによって被る迷惑が甚大だからに決まっている。たとえば、お皿を割る。お鍋を焦がす。

そして、できた料理はまずい。

ラタトゥイユをつくり終えてもロッカさんは現れなかった。お腹《なか》も空いてきた。こんなに時間をかけてどんなスープとパスタをつくっているのか興味も手伝って、重い鍋を抱えてロッカさんの部屋を訪ねたのだ。

台所の惨状は見事なほどだった。この期に及んでまな板の上に刻みかけの玉葱《たまねぎ》が散乱し、寸胴鍋《ずんどうなべ》から噴きこぼれた湯がガス台を浸している。

「なるほどねえ」

差し出されたお皿を前に深く納得してうなずくのを、ロッカさんが不思議そうに見た。

「何がなるほど？　さ、早く食べよ」

いただきます、ととりあえずふたりで声を揃《そろ》え、でも一向にスプーンもフォークも進まない。まさか自分の持ってきたラタトゥイユばかり食べるわけにもいかないが、この伸びきったゴムのようなスパゲティとだまだまで油の浮いたスープに手をつける気にもなれない。ケチャップ色したスパゲティをお皿の中で持て余していると、ロッカさんが得意そうに笑った。

「今日はね、梅雨明けを祈念して、真っ赤な太陽をイメージしてつくったんだ」

梅雨明けの太陽。この写真はイメージですというあれだ。イメージだから実物とは関係ないのだ。自由なのだ。たぶんパスタと一緒にただ茹《ゆ》でただけの、このパンクしたミニトマトを太陽に見立てているんだろう。思い切ってひとくち食べてみた。

「あっ」

ラタトゥイユにフォークをつけようとしていたロッカさんが顔を上げて私を見る。

「どうしたの、あすわ」

怪訝《けげん》そうに聞かれたが、返事のしようがなかった。あっと驚くような味、何と何を組み合わせればこんな味になるのか、想像もつかないような味だ。おかしい。どうすればこんなものがつくれるのか、ぜったいにおかしい。ロッカさんの舌は確かだと思っていた。現に、おやつの趣味は私とぴったり合う。私の舌もおかしかったのか。舌だけでは料理はつくれないということか。いや、仮にそうだとしても、味見をすればこの味が変だということはわかるはずではないか。

「ロッカさん、味見しなかったんだね」

したよ、したした、と答えるその口ぶりが嘘だと告げている。

「それよりあすわ、このラタトゥイユすごいや。レストランで食べるのよりよっぽどおいしい」

「……それはどうも」

曖昧にうなずいておく。

「何よその覇気のない返事。あんた、あたしが褒めてんのよ、もっと喜んだっていいと思うよ。このラタトゥイユは絶品！　ほら、もっと喜んで」

喜べないだろう。こんなスープとスパゲティをつくる人に褒められても、という気持ちももちろんあるし、自分の料理の腕に自信を持てないせいもある。だって、つい最近自炊を始めたばかりなのだ。ドリフターズ・リストに「鍋を買う」という項目があったくらいだ。無事に鍋を買ってからは、「毎日鍋を使う」に書き換えた。料理本を見て手の込んだものをつくってみる日もあれば、そこまでの気力がなくてとりあえずおみおつけだけつくる日もある。ル・クルーゼでだ。分厚くて重たいル・クルーゼでひとり分のおみおつけをつくるとむなしい。洗って拭いて片づけながら、なんとなく詐欺を働いているような気分になる。それでも毎日使い続けてようやくオリーブオイルににんにくの香りをうつす加減を覚えた。

「皿洗いしかできないのかと思ってたあすわがねえ、一人前にこんなおいしいものをつくれるようになってたなんてねえ」

ロッカさんは感慨深げに言った。

「この太陽風スパゲティのいい引き立て役になってるよ」

親ばか。不意に単語が浮上して目の前でちかちかする。親ばかだ。ロッカさんが自分のつくる料理をおいしいと感じるのは親の欲目なのだ。どんな出来の悪い子供でも、我が子をけなされたら親は悲しいだろう。ここはロッカさんの手前、がんばって残さず食べなければならない。そう考えてまた後悔した。あんまりお腹空いてなくて、とかなんとか穏便な嘘をついて回避すればいいのに、どうも上手な嘘をつくのが下手だ。下手な嘘をつくのが上手だとも言える。それですぐにばれて余計面倒なことになる。これからはやっぱりロッカさんと食べるごはんは私がつくろう。このスパゲティ。何が太陽だ。うすらとぼけたような味はともかくとして、パスタをここまでぐだぐだに茹でてしまうのはどうしてなんだろう。

「ちょっと失礼」

ロッカさんが席を立った。どうやらトイレのようだ。今だ、と思う。スパゲティをゴミ袋につっこむか、スープを流してしまうか。いや、ばれたらやばい。

派手な水音がして、ロッカさんがトイレから出てきた。

「余計なことしないでよね」

ロッカさんがいきなり言った。

胡椒《こしょう》を振ったのがばれたのだろうか。胡椒を強めに振れば、その強烈な味と香りに引っ張られて食べやすくなると考えたのだけど。

「ごめん」

「あすわ、トイレットペーパーの向き、変えたでしょう」

私が謝るのと、ロッカさんが言うのとが同時だった。

「へ？　ああ、逆になってたから直しておいてあげたんだよ」

「何が逆よ、あたしはあの向きじゃないと気持ちが悪いの。ホルダーの奥からつつっと慎《つつ》ましやかに垂れてるのが好きなのよ」

それじゃ使いにくいだろう。どうやって切るんだ。そう思ったが黙っていた。胡椒がばれなくてよかった。

「そういや、あすわ、リストどうなってる？」

おかわりのラタトゥイユを鍋から自分でよそいながらロッカさんが聞く。

「何か消化したとか、新しい項目付け加えたとか」

「特に動きはないよ」

べっちゃりしたスパゲティと格闘しながら答えると、ロッカさんはちらりと私の顔を見てから指摘した。

「だってなんかすっきりした顔してる」

ぜんぜんすっきりなんてしていない。私にとってのきれいを探す長い旅の第一歩をさっきちょこっと踏み出したところなのだ。

「あすわって、いつ見てもつるんともち肌だよねえ」

「違うよっ」

咄嗟《とっさ》に反発した私をロッカさんが驚いたような目で見た。つるんともち肌は悩みのないロッカさんの専売特許じゃないか。悩みだらけの私がつるんとしているわけがない。そんな精神状態じゃない、と自慢したいような気分だ。

「え、嫌なの？　つるんともち肌が？　贅沢《ぜいたく》な子だよまったく、羨ましいくらいなのに」

羨ましいが聞いてあきれる。十ほど年上でその肌はちょっときれいすぎるでしょう。

ふと、桜井恵を思い出す。彼女は年上ではなかったけれど、きれいすぎる肌の持ち主だった。

「そうだ、リストひとつ消せたんだ。今日、エステ行ってきた」

気がついて申告すると、ロッカさんは途端に満足そうになった。

「ほぅらやっぱりね、リスト効果ばっちりだよ」

肌がつるんとしているのはリスト効果なのか、エステの効果なのか、はたまた家系なのか、定かではないが。

「エステってよかったな。他のところは知らないけど、今日のは奥が深かったよ」

「へえ、そりゃよかった」

まったく興味のない様子でロッカさんはフォークにぐるぐるスパゲティを巻いて大きな口を開けた。この人にインタビューをしたらどんな結果が出るんだろう。きっとどんな質問にも動じなくて、さすがの桜井さんもつかみどころのなさにびっくりするだろう。

「リストの項目は消せたけど、よけいわかんなくなっちゃった。これからどうすればいいのか」

「そういうときはね、もっともっと書くんだよ。リストを見たら、書くべし、書くべし。ところで明日、ひま？」

「何よ唐突に。ひまよ、ひま。知ってて聞いてるでしょ」

「じゃあさ、青空マーケット行かない？」

青空マーケット。そういえばそんなポスターを目にしたのを覚えている。いつもの駅にも貼ってあったはずだ。たしか、終点の駅近くの、山の麓で開かれるんじゃなかったか。ヒッピー系というか、天然系というか、スピリチュアル系というか、よくわからない人たちが集まって開くフリーマーケットだ。興に乗ると歌ったり踊ったりもするという。

「そういうの、あんまり興味ないんだけど」

正直に感想を言うと、

「あら、あたしも」

ロッカさんが同意した。

「じゃなんで誘うのよ」

「いや、市《いち》さんがね、出店するんで見に来てほしいって」

「市さんって市川《いちかわ》さん？　お食事処《どころ》市川の？　ぜんぜんヒッピーっぽくないよね、何出品するんだろう」

お食事処市川は駅から続く商店街の端にある定食屋だ。引っ越し祝いでロッカさんに連れられて行って以来、私も何度か食べに行っている。味は確かだし、値段も安い。店主というよりマスターというほうが似合う市川さんは黙っていれば苦み走ったいい男だし。

「レース編み」

「は？」

「あすわはなんにも知らないんだね。市さんは知る人ぞ知る、レース編みの名手なんだよ。公民館で教室も開いてる」

「市川さんのレース編み……？　それはなんというか、見たいような、見たくないようなな」

「すごく繊細なレースだよ、一見の価値はあるね。ただあたしは山まで行くのが億劫《おっくう》なだけ。それから、みんなで歌ったりするのも苦手なだけ」

「でも頼まれてるんでしょ、見に来てほしいって」

「だからあすわに振ってるんじゃない。けっこういいところらしいよ、山が近くて緑が多くて空が広いって。お客がいなかったらかわいそうだし、行ってあげてよ。そうだ、そのスパゲティ、鍋にまだ残ってるからよかったら持って帰っていいからさ」

頼まれてもいらない。青空マーケットにだって頼まれても行かない。普段ならそう答えていただろう。だけど、今日はなんだか青空マーケットに行ってみてもいいかなと考えはじめていた。青空だとか緑だとかヒッピーだとか、今まで私には縁のないものだと思ってきた。だからこそだ。

「今までとは違う道を歩いてみることで、何かを見つけられるかも」

くくくっとロッカさんの笑う声で現実に引き戻される。

「誘っておいてなんだけど、あんまり期待しないほうがいいよ。青空マーケットに果たしてあすわの夢見るような何かが転がってるかどうか」

「じゃあ行かない」

ロッカさんは横ずわりしていた脚を前に投げ出し、そのついでみたいに畳にどでんと横になった。

「そうだよねえ、この暑いのに青空マーケットはないよねえ。市さんにとっちゃお祭りみたいなもんなんだろうけど」

あ、来る。今、ぴんと来てしまった。私にぴんと来ると、その余波だろうか、なぜか続いてロッカさんにも来るのだ。テーブル越しに、畳に寝転がったロッカさんを盗み見ると、ちょうどロッカさんもこちらを見たところだった。

「あすわ、リスト見せて」

やっぱりだ。ロッカさんにもぴんと来たらしい。

「いいよ、見せなくてもわかってる。お祭り、でしょ？」

いちばん最初からリストにあった。お神輿、と書かれてはいたけれど、やりたいことを書くように言われてまず浮かんだのが、大好きなお祭りをできるだけたくさん見に行こうということだった。

「そうだよ、あすわ。お祭りなら行くしかないじゃない」

寝転んだまま言われても今ひとつ説得力はなかったけれど、どうせひまだった。蒸し暑いアパートでだらだら汗をかいているよりは、青空マーケットという目的があったほうがかえって気が楽かもしれない。

「貸しとくね。忘れないように」

空いたお皿を持って立ち上がる。

「だからスパゲティ持って帰っていいってば。貸し借りなしだよ」

聞こえないふりをして、ふたり分の食器を洗う。一、きれいになる。二、毎日鍋を使う。三、お神輿。四、玉の輿。五、やりたいことをやる。六、ぱっーと(もとい、ぱーっと)旅行をする。すっかり暗唱できるようになったリストを頭の中で反芻《はんすう》する。青空マーケットはどれにもあてはまらなさそうだった。

＊

朝からとんでもなく暑かった。どうやら長かった梅雨が明けたらしい。テレビの予報で最高気温が三十六度を超えると聞いたとき、青空マーケットに行く気がひょろりと蒸発して消えるのを感じた。

「平熱、何度？」

そうロッカさんに聞いているところを想像してみる。

「あたし、三十五度台なんだ。体温より高い気温のところへ出かけていったら茹だっちゃうから」

言い訳としては完璧だ。そもそもロッカさんが市川さんに頼まれたのだ。億劫だという理由で振られただけなんだから、律儀に守ることはない。

そう考え、パジャマのまま冷蔵庫を開けて麦茶を出そうとしたときに電話が鳴った。ロッカさんかもしれない。そのままにしていると留守電に切り替わった。

「……あすわ、元気にしてるんでしょうね。いつ来るか、いつ来るかと思って待ってるのに、ぜんぜん顔も見せないじゃないの。まったくあんたって子は出ていったきりなんだし、安彦のほうは出ていく気配もないんだし。まあともかく、今日は一度帰ってきなさい。ちょっと話があるから。どうせひまなんでしょう？　もしもし？」

母だった。留守電なのに、居留守を使っているのを見通しているかのような口ぶりだ。どうせひまだろうと思われているのも面白くないが、話があるというのがまた腹立たしい。譲さんの話に違いない。実家に謝罪に現れたというあの話だ。ロッカさんに先に話していたじゃないか。どうして当の私にちゃんと話してくれなかったのか。

留守電のランプがちかちか点滅するのを見つめながら怒っている自分の気持ちの、ほんとうのところが八つ当たりであることはわかっている。私は譲さんをゆるせなくて、でもいつまでも負の感情を抱え続ける自分がなさけなくて、周りに転嫁している。たぶん彼はゆるしてもらおうとは思っていないだろう。それなのに私の実家に謝罪に行った。なんで放っておいてくれないのか。最後まできっぱりと悪役を通してくれないのか。

実家に帰る気には到底なれない。譲さんの話を聞くのが怖い。どうせまた、私は悲しいのだ。破談の理由を聞くということは、譲さんが私と別れたいと思ったその気持ちを確認させられるということだ。想像するだけで頭の中が黒くなる。

「そうだ、今日は青空マーケットへ行く約束だった」

声に出して言うと、約束が確かなものに感じられた。顔を洗い、留守電のランプを見ないようにして着替え、麦茶だけ飲んで、さっさと部屋を出ることにした。アパートの階段を下りて焼けつくようなアスファルトの道に出たところで激しく後悔することになったのだけれど。こんなに暑いなら、部屋で鬱々としていたほうがましだったかもしれない。

まだ間に合う、まだ間に合う、と思いながら駅への道を歩く。まだ今なら引き返せる、と一歩ごとに緊張しつつ足を踏み出す自分がおかしい。ほんとうは、いつだって引き返せる。駅に着いてから戻ることだってできるし、電車に乗ってからでも好きな駅で降りられる。それなのに、遠くへ行けば行くほど引き返すのがむずかしいような気持ちになってしまう。譲さんはすごいな、と思う。結婚式場の予約までしておきながら、約束を反故《ほご》にした。あの穏やかな人が、引き返すためにどれだけ思い切ったことか。

足もとに落としていた視線がふらついて、思わず頭を上げた。太陽のせいだ。こんなに照りつけるから、ついおかしなことを考えてしまう。あれ。ついでに今、何かおかしなものを見た。小刻みに身体《からだ》を揺らす、人。太陽のせいだろうか。踊っているようにも、弾んでいるようにも見える、人。あれは、叔母だ。ロッカさんだ。

「……何やってんの」

声が掠《かす》れた。どう見ても変な人だった。太陽のせいなんかじゃない。道の反対側のロッカさんは身体の揺れを止め、険しい表情でこちらを見た。

「小踊り」

「小躍りするほどうれしいっていう、あの」

「違うって。これがうれしそうに見える？」

眉根に皺《しわ》を寄せ、なぜか威張っている。考えるのも面倒だからもう黙っていた。

「やるのが億劫なことってあるでしょ。そういうとき、いつまでもぐずぐずしているとどんどん億劫が倍増して嫌になっていくから、弾みをつけて始めちゃうんだよ」

「その小踊りはつまり、弾みってわけだ。で、なんでそんな威張ってんの」

「誰も威張ってないし。さ、行こ」

よくわからなかったけれど、ロッカさんは私の背を押すような勢いで歩きはじめた。

「ロッカさんはどこ行くの」

「青空マーケットに決まってるでしょ」

「行かないいんじゃなかったの」

「いやそれが」

ロッカさんは声を潜めた。

「行かないと大変なことになるらしいんだよね」

大変なことというのがどういうことなのか、私にはわからない。でもきっとたいしたことではない。市川さんに、来ないならもう自由におかわりをさせないと脅されたとかそんなところだろう。ロッカさんはむずかしい顔をしたまま駅への道を歩きはじめた。つるつる落ちる汗を拭《ぬぐ》い、駅で終点までの切符を買う。すぐに来た電車の冷房の効いた車内でシートに並んですわった。いつもとは反対方向へ電車が動き出す。黙って窓からの景色を眺めるうちに、留守電に向かって喋《しゃべ》る母の声がよみがえった。

――今日は一度帰ってきなさい。

意外にやさしい声だったような気がしてくる。譲さんの話など二の次で、母はほんとうはただ娘の顔を見たかっただけなのかもしれない。アパートを借りて以来、実家に帰ったのは同窓会の通知が来ていると言われて葉書を取りに寄った一回だけだ。はじめから不機嫌だった。何もこんな暑いときに同窓会なんかすることはない。誰が結婚しただの、子供が生まれただの、そんな話ぜんぶに耳を塞いでいたい。おめでたい呼びかけ人は誰だ。葉書を裏返して幹事の名前を確認し、ああこの人は昔からお節介な人だったよと思い、そう思った自分にぎょっとする。いつからこんな僻《ひが》み根性が身についてしまったのか。気分が重たくて、ろくに話もせずにそそくさと家を出た。夕ごはんをつくって待っていてくれた母には悪いことをした。

何もかもがうまくまわっていかない。今まで普通にやり過ごしてきたことがいちいち私に刃向かってくるような感じだった。破談以来、なんだろうか。それとも、気づいていなかっただけで、これまでもいろんなことがうまくいっていなかったんだろうか。破談で石ころに躓《つまず》くように転んだらそのまま起き上がれなくなってしまった、今はそんな状況なのかもしれない。

「まずは起き上がって、一から新しく始める。そういうつもりでいたほうがいいのかもしれないね」

隣の席のロッカさんに言ってみたが、返事はなかった。斜め掛けした帆布のショルダーからリストを取り出す。ちょっと考えて、七、新しく始める、と書き込んでみる。何を新しく始めるのか、わからないけどとりあえず。

終点の駅に着いて立ち上がると、ロッカさんが空いた席のほうへごろんと転がった。熟睡していたらしかった。

青空マーケットは広かった。きっとひと目でそれとわかるような服装の人たちでいっぱいなんだろうと予想していたのが拍子抜けするくらい、いろんな人がいた。いろんな店があって、いろんなものが売られている。服やアクセサリー、雑貨、本、絵、フィギュア、古いものや新しいもの、それに食べものも多い。楽器を鳴らして歌っている人もいる。売る人も買う人も年をとった人も若い人も派手な人も地味な人も、みんな太陽の下で汗をかいていて、人のことなんか気にしていない。山が近いせいだろうか。それともぱかんと広い青空のせいか。自分が浮いてしまうのではないかと心配していたのがばかみたいだ。この開けた場所にいると、よくわかる。好きなようにしていいのだ。自分のしたいことをしていればいい。だんだん気が楽になっていく。結婚してる人も、してない人も、いるよね。婚約を破棄した人も、された人も、いるだろうな。ふふ。いろんな人がいて、いいとか悪いとかじゃなくて。うふふふ。

「あのさ、あすわ。楽しいのはけっこうだけど、ひとりで笑ってると相当不気味だね」

隣を歩くロッカさんが注意してくれる。

「い、市川さんの店はどこかなあ」

人にどう見られても、平気だ。でも、不気味なのはよくないな。うふふ。いったん開いた気持ちはこの場所に対して緩やかに開いたままだ。

そのとき、視界の隅に何かが引っかかった。振り返って目を凝らす。小さな屋台によく知った顔があった。可愛らしい、楚々とした顔と仕種《しぐさ》。郁ちゃんだ、と思う。間違いなく同僚の郁ちゃんであるはずなのに、いつもの彼女とは雰囲気が違う。何か食べものを売る屋台を出しているようだ。普段がたんぽぽなら今日はひまわりみたいな笑顔で誰かと話している。

なんとなく声をかけそびれてしまった。あんな顔で笑う人だったのか。私の知っている郁ちゃんとは別の人みたいだった。一度声をかけそびれると、あとはタイミングを見計らうか——隠れるか。いろんな屋台や茣蓙《ござ》の並ぶ青空マーケットで、私は郁ちゃんのブースだけを慎重に避けることになってしまった。どうして隠れなきゃならないのかと思いながら。弾《はじ》けるような郁ちゃんの笑顔に気後れしたのだとは認めたくなかった。

しかし、だ。あすわー、と呼ぶ声がした。ロッカさんが満面の笑みで手を振っている。

「ここのスープ飲んだー？　豆でできてるんだってー。すごいおいしいんだからー」

それがまさに郁ちゃんの屋台だった。隠れているわけにもいかなくなった。今気がついたみたいに近づいていくと、郁ちゃんは一瞬驚いた顔をし、それからぱあっと笑顔になった。

「びっくりしたー。あすわも来てたんだ」

「うん、あたしはお客としてだけど」

すみれ色のエプロンをつけた郁ちゃんは、太陽の下で輝いて見えた。きれいだ、と思った。

「お豆、売ってるんだね。ええと、ひよこ豆にレンズ豆。虎豆。大福豆。かわいい名前をつけてるんだねえ」

「私がつけたんじゃなくて、ほんとにそういう名前なの」

郁ちゃんが楽しそうに笑う。私はお豆の袋をひとつ取り、軽い気持ちでラベルを読んだ。陽射《ひざ》しがまぶしくて、目がちかちかした。

手描きのラベルには「豆はおいしい」と大きく書いてあった。思わず笑みがこぼれる。そうだ、郁ちゃんはお弁当によく煮豆を入れてくる。売るほど豆好きだったとは知らなかったな。

それから一段小さく書かれた文字を読んだ。

豆はおいしい。

豆は安い。

豆は保存がきき、楽しく料理ができて、からだによい。

もっと小さく書かれた字も読んだ。

世界中の人がこぞって肉を食べれば食糧危機は深刻になるばかりだけど、豆なら大丈夫です。

世界中の人が満ち足りた食事ができるように。

楽天堂・豆料理クラブの願いです。

暑くて頭から湯気が立っていたはずなのに、すうっと汗が引いていた。

郁ちゃん。これは、豆、でしょ。豆を食べながらこんなことを考えていたの？　私は――私はぜんぜん考えなかったよ。お豆を食べても、何を食べても、考えることなんかなかった。

そもそも私は郁ちゃんのプライベートをほとんど知らない。休みの日に郁ちゃんがどこで何をしていようとまったく管轄外だ。それなのに、こんなことがショックだった。こんなふうにいきいきと郁ちゃんが活動していることに、そして私には何も話してくれなかったことに。私だって特に何かを話してきたわけではないから、ショックを受けるのはお門違いだとも言える。だけど、私は話さなかったんじゃなくて話せなかっただけだ。話すことがなかった。郁ちゃんと私は、一粒の豆を見て考えることの深さがこんなに違っていた。普段の職場でも、たとえば商品のロンパース一枚を取ってさえ、郁ちゃんと私とでは視点が違っていたのかもしれなかった。

黙ってしまった私に、郁ちゃんはいつも通りの明るい声で話しかけてきた。彼女の気遣いに違いなかった。

「真夏にお豆を売るのは厳しいね」

そう言って、小さくため息をついたのだから。

「お豆ってほんとはサラダにもデザートにも使えるのに、煮豆のイメージが一般的でしょう。暑苦しく思われるらしくて夏は不利なんだ。わかってたから、今日は冷たいスープをたくさん仕込んで起死回生を狙ったんだけど、氷が溶けちゃって。この炎天下じゃしょうがないよね、甘かったなあ」

郁ちゃんが私に弱音を吐いてくれた。その厚意をしっかり受けとめたい。——氷だ。氷があればいい。郁ちゃんの豆スープを氷で冷やそう。駅からの道に小さいスーパーがあったはずだ。あそこになら氷がある。それをありったけ買ってこよう。

「ちょっと待ってて」

言い置いて、急いで青空マーケットの出口に向かう。郁ちゃんが望んでいるのが氷ではないとしても、今の私に返せる答はこれだ。お金ならある。使い途《みち》のない二百万円は、こういうときのためにあるんだ。今あれを使ってしまえば胸がすかっとするだろう。二百万と言わず二万円分も氷があれば郁ちゃんの豆スープは助かる。とにかく郁ちゃんを応援したい。あの豆スープをなんとかしたい一心だった。

……と思う。もしかしたら、お金を払うことで郁ちゃんに私の分まで頑張ってもらうつもりでいるんじゃないか。汗を拭うように疑いを拭い、ぎらぎらと燃える太陽の下をひたすらスーパーへと歩いた。

6　ホットケーキにビール

結局二万円は使いそびれてしまった。

二万なんかじゃなく、二十万でも二百万でもいつもりだった。やっと納得してお金を使えると興奮しながらスーパーへ急いだ。その興奮がよくなかったのかもしれない。

駅の近くまで戻ってようやくスーパーへたどり着いたところまでは覚えている。入口の自動ドアが開いたのに、視界が狭くて、なんだかずいぶん暗いなあと思ったら、すべてが黒い靄《もや》に覆われた。

熱中症だった。顔を真っ赤にしてスーパーの入口で倒れ込んでいたそうだ。氷、氷、とつぶやいていたらしい。皮肉にも、郁ちゃんの豆スープを冷やすはずの氷は私のおでこに載せられ脇に当てられ、それでようやく私は意識を取り戻したのだった。

スーパーの休憩室の簡易ベッドで目を覚ましたとき、間近に懐かしい顔を見た。まだ頭がぼうっとして何も考えられないうちに、その顔に呼びかけていた。

「……お母さん」

「誰がお母さんかっ」

お母さんのはずの顔がなぜか怒っている。怒っているのが母ではなく、その妹ロッカさんだと認識できるまでにしばらく時間がかかった。

「あたしは姉さんみたいに鼻筋が通ってない」

変な自慢をする。そう言えばロッカさんの顔はちょっとばかし平坦《へいたん》だな。そんなことをぼんやり思った。

「ほらスポーツドリンク飲んで」

差し出されたものをごくごく飲む。

「なんで勝手に帰ったのよ」

「帰ってないよ」

「急にいなくなるからびっくりしてずいぶん探したんだからね」

ちょっと待ってて、と言い置いて青空マーケットを後にしてそれきりだった。もちろんすぐに戻るつもりだったのだ。

ロッカさんが私の携帯に連絡し、介抱してくれていたスーパーの店員さんがそれを受けてくれたおかげで居場所がわかったのだそうだ。

「そういえば、郁ちゃんは？」

「郁ちゃんてあの、豆を売ってた子？　売ってるんじゃない、まだ」

冷たい豆スープはどうなっただろう。淡いグリーンがさわやかで、すごくおいしそうだった。でも、大きな鍋は外側にたくさん汗をかいていた。今にも太陽の熱に負けてしまいそうなスープを見て、いてもたってもいられないような気持ちになったのだ。

「で、なんなの、どうして消えたの」

「冷やしたかったんだ、鍋を。それでスーパーまで氷を買いに来たんだけど、入口のところでわけがわからなくなっちゃって」

ロッカさんはゆっくりと瞬《まばた》きをした。

「ばかだねえ、マーケットの中央で氷売ってたじゃない。きっと今頃あの子も気づいて、買って冷やしてると思うよ」

言葉を失った私を見下ろし、でもまあ、と続ける。

「自分で動けたところを評価するわ。おばかさんな結果になったとしても、あすわにしちゃ上出来かも」

「市川さんのレースの店には行けたの」

尋ねるとぶーっと口を尖《とが》らせた。

「明日からおかわりの自由がなくなった」

「……ごめん」

つぶやいたのが聞こえなかったように、ロッカさんは私に掛けられていた薄いケットを剝いだ。

「さ、帰るよ。お店の人にちゃんとお礼言うのよ」

その言い方が母にそっくりで笑ってしまう。はーい、と返事をし、ベッドから降りようとして――床と天井がぐるんと反転した。

*

まったく、ついてない。

子供かお年寄りがなるものとばかり思っていた熱中症に、こうも簡単にかかってしまったことにも納得がいかなかったけれど、思っていたより症状が重くてスーパーから運ばれた病院で点滴を受けた上、そのまま一晩泊まることになってしまったのはさらに不本意だった。

何より痛恨だったのは、豆スープの郁ちゃんに結局氷を届けられなかったことだ。豆スープの、という形容詞は実際とは少し違う。郁ちゃんは郁ちゃんだ。昨日までの郁ちゃんは楚々として可愛らしい郁ちゃん、青空マーケットとは縁もゆかりもない郁ちゃん、濱《はま》ベビー服本舗の本社に勤める同僚の郁ちゃんだった。でも、それは私が知っていると思っていた郁ちゃんの一部でしかなかった。頭からあの豆スープが離れない。職場でいちばん親しかったはずの彼女が、今はとても遠い人のように感じられる。

私に何も話してくれなかった恨みも少しは混じっている。だけど、問題はそんなところにあるんじゃない。私が素通りしてしまったものの前で郁ちゃんは立ち止まった。何かに気がついて、一歩を踏み出した。二歩も三歩も進んでいるだろう。すごいな、と思う。頼もしい、とも思う。そして、郁ちゃんの気づいた何かにも、何かに気づいた郁ちゃんにも、ぜんぜん気づくことのできなかった自分をやっぱりなさけなく思う。

あの場で一袋だけ買った白い豆の袋には「楽天堂」とラベルが貼ってあって、それはどうやら郁ちゃんの屋号ではないようだった。お店の住所が京都になっていたから、郁ちゃんはたぶん委託販売か何かをしているだけなんだと思う。詳しくはわからない。聞きたいことは山ほどあったけれど、郁ちゃんとはあれっきり会えていない。

明らかに私より若くて頼りなさそうなお医者さんに、しばらく安静に、などとおざなりなことを言われ、思わず詰問調になった。

「しばらくってどれくらいですか」

彼はぐっと詰まって黒縁眼鏡の奥で目を瞬《しばたた》かせた。

「もうだいじょうぶだと思えるくらいまでです」

「もうだいじょうぶだと思ってるんですけど」

そう言ってみたら、彼は猫背をちょっと伸ばして訂正した。

「私が、もうだいじょうぶだと思えるくらいまでです」

私は、ずっとだいじょうぶだと思っていたのだ。スーパーまでの道を歩きながら、たしかにやたらと汗をかくなあと感じてはいたけれど、気持ちだけはあのときの太陽みたいに燃えていた。何もできないままこんなところで入院だなんて、ほんとうに歯がゆい。

「まあ、だいじょうぶじゃなかったってことなんだよね。あすわはしぶとそうに見えて案外脆《もろ》いんだな」

ロッカさんが口を挟むと、若い医者はほっとしたように病室を出ていった。

「姉さんに連絡しといたから。ゆっくり休むんだよ」

ロッカさんはそう言って丸椅子に腰を下ろした。母が来るまで付き添っていてくれるつもりなのだろうか。

「まったく、日曜なのにもったいないよね」

「ごめん」

もう一度小声で謝った。

「ジャンプって月曜発売じゃん、日曜に買うなんてどう考えてももったいないんだけどさ、下の売店しょぼくて他にろくなのないんだもん。このジャンプ、ぜったい何十人も立ち読みしてるよ」

ロッカさんはすっかりくたびれた週刊少年ジャンプの表紙をこちらに向けてみせた。

母が来ると聞いて安心したのか、それとも単に熱中症のせいか、点滴につながれたまま私は深い眠りに落ちていたらしい。いつ母が来てロッカさんが帰ったのか、まるで気づかずに昏々《こんこん》と眠り続けた。

翌朝、病院から会社に電話をかけた。最初に電話を取った後輩に、明日にはたぶん行けるよ、などと話していたら、途中で上司に代わられた。

「ゆっくり休んだらどうだ」

大橋《おおはし》というその上司は、面と向かってそんなことを言ったりは一度もしなかったのに、電話だと急に饒舌《じょうぜつ》になった。

「この機会にしばらく休んだらいいじゃないか。疲れが溜《た》まってたんだよ。有休も残ってるだろ。夏休み扱いにしたっていいんだし。な、休んだほうがいいって」

大橋くん、と誰かが次長を諌《いさ》めるような声が入ったかと思うと、受話器がまた取って代わられた。

「……ごめんね。大橋くんはまったく強引なんだから。あのね、無理強いするわけじゃないのよ。ただ少し休んだほうがあなたのためになるんじゃないかって。あなたはもともと――」

言いかけて口を噤《つぐ》んだ山吹さんの言わんとしたことは電波に乗ってびんびん伝わって

きた。「もともと休みをとる予定だったんだし」。新婚旅行には思い切って十日間、ギリシャの島々を旅行するつもりだった。結婚式の前にも準備のために幾日かは有休を使うことになっただろう。それを前倒しにしたと思えばいいのかもしれない。

安静に、と医者から言われているのは事実だ。意地を張って出社してまで、どうしてもやらなければならないような仕事も思いつかなかった。

「じゃあ、お言葉に甘えて、少し休ませていただくことにします」

しかし、そう言った瞬間にぽきんと何かが折れる音が聞こえた気がした。張っていた意地がしわしわ縮んでいくのがわかる。通話を切るボタンを押しながら、失敗したかもしれない、と思った。もしかすると、まずいことになるかもしれない。

病院を出ると、母は当然のように私を実家へ連れ帰ろうとした。そこに便乗した。この体調でひとりの部屋に戻るのは不安だから、と自分に言い訳をし、乗り込んだタクシーのシートに凭《もた》れて、もう何も考えないようにする。失敗かどうかも、まだわからない。そういうことにしようと思った。

久しぶりに戻った実家は、ちっとも変わっていなくて、なんだかちょっと照れくさい。早速自分の部屋へ階段を上がろうとすると、母が慌てて呼びとめた。

「あすわは下で寝てちょうだい。今、お蒲団《ふとん》敷くから」

「だいじょうぶだよ、階段くらい上れるよ」

笑って答えると、ばつの悪そうな顔になる。

「あすわの部屋、今、改造中なのよ。ほら、あんたベッドから何から荷物全部運び出しちゃったでしょう。部屋を空けておくのももったいないじゃない」

「ふつう、娘の部屋は空けておくものじゃない？　いつ帰ってきてもいいようにって」

母はあっけらかんと笑った。

「まだ安彦もいるのに、あんたまで出戻ってくるつもり？」

出戻る前に行きそびれたんですけど。喉元まで出かかった言葉を飲み込んだ。冗談のつもりでも母の笑顔が引きつるだろう。私だって自分では気づかなかっただけで、まだ「だいじょうぶ」からは程遠かったのだ。

「熱中症だなんて言うから、やつれてるのかと心配したけど」

母は私の顔をあらためて眺めた。

「なんだか顔がすっきりしたわね」

エステに行ったばかりだから。そう言おうかどうしようか迷って、結局言わないことにした。エステに行ったから顔がすっきりしたというのは謙遜だろうか、自慢なんだろうか。ひとり暮らしを始めた娘がエステに行く贅沢《ぜいたく》に気を悪くするような母ではないと思うが、心配ばかりかけているくせにエステですっきりしてきたなんてちょっと言いづらい。

敷いてもらった蒲団に横になると、天井の板の節目がひどく懐かしかった。幼い頃、この部屋で家族四人の蒲団を並べて寝ていたっけ。杉板の天井には節穴や年輪の模様が多くあって、そのうちのひとつが人間の目に見える、いやあれはお化けの目だ、などと兄とふたりで大騒ぎしたものだ。ふざけていたはずなのに、だんだんほんとうに怖くなってきて、臆病な兄も私も天井を見上げることができなくなった。見ないでおこうと思っても気になってついちらちら見てしまうのだけど。

やがて大きくなって二階の部屋をそれぞれ個室として使うようになると、この部屋は箪笥《たんす》があるだけの、あまり使われない和室になった。母が今閉めて出ていった襖《ふすま》も昔のままだ。山水画のような曖昧な風景が描かれていてインテリアとしてはどうかと思うが、もしも母が二階の私の部屋を使いたいなら、一度出ていった身の私はここを使うことにしてもいいかもしれない。

はっとした。私ったら何を考えているんだろう。ギアがバックに入っている。やっぱり、さっきの失敗の予感は当たっていたのだ。がんばって張りつめていた気持ちが、熱中症と、今朝の電話と、それから実家に戻ったこととで緩んでしまった。しばらく会社を休むことに決めた途端、つっかい棒が外れた。ばったり倒れこんだまま、もう起き上がることもできないでいる。

いつのまにか眠っていたらしい。目が覚めると部屋はぼうっと薄暗かった。お臍《へそ》のあたりから力が抜けてしまっている。

実家に帰ってくるべきではなかった。あるいは、会社を休むべきではなかった。明らかに失敗だった。私は決して強くないのだから、あちこちに打ち込んでおいた楔《くさび》をつかんで離さず、一日一日を乗り越えていくしかなかったのだと思う。楔が、たとえばルーティンと呼ばれるような日常の些事《さじ》であっても、そういうひとつひとつを拠《よりどころ》として私はなんとか無事に日々を送ってきたのだ。

まだふらつく上体を起こし、鞄《かばん》のポケットからドリフターズ・リストを出す。日常を手放してしまった今、こういうときにこそ、役に立ってくれるのではないか。

きれいになる。

毎日鍋を使う。

お神輿。

玉の輿。

やりたいことをやる。

ぱーっと旅行をする。

新しく始める。

――なんだかどれもこれものっぺらぼうに見える。どんなつもりでお神輿なんて書いたんだったか。ほんとうに見たいならとっくに見に行っているはずだ。それに、鍋。毎日鍋を使うだなんていじらしく健気《けなげ》だけれど、鍋はほんとうに私を支えてくれるだろうか。

蒲団の脇にリストを放り出して目を閉じると、瞼《まぶた》の裏に浮かんできたのは眩《まぶ》しい太陽の下でぱっと開いた郁ちゃんの笑顔だ。郁ちゃんのあの顔と、郁ちゃんの豆。あれを見てしまったら、お神輿だとか玉の輿だとか、そんなもんに乗っかろうとしている自分が軽々しく見えて困る。

「まいったよ」

目をつぶったまま声に出すと、襖の向こうでびゃっという野太い奇声が上がり、続いてがたんと椅子の倒れる音がした。

「だだ誰だっ」

兄の臆病さは昔から変わっていない。

「お兄ちゃん、あたし。あすわだよ」

蒲団から声をかけると、やや間があって襖が開いた。

「……なんだよ」

なんだよはこっちだよ。熱中症の妹が家で寝ていることを母から聞いていなかったんだろうか。兄のことだ、たぶん忘れていたんだろうな。

「聞いてたより顔色いいじゃん」

「おかげさまで。仕事、もう終わったの？」

兄は私の質問には答えず、ずらした視線を蒲団の足もとのほうで止めた。私の鞄や着替えなんかが置いてあるあたりだ。

「おまえジャンプなんか読んでんの。それじゃもてねえよ」

ロッカさんが読み終えて私に持たせてくれただけだ。兄はにやにやしながら部屋に入ってきて蒲団の向こう側へまわり、ジャンプを拾い上げてから、なんだ先週号か、とつぶやいた。

「お兄ちゃんこそ三十過ぎてジャンプって、それじゃもてねえよ」

「あ、今おまえいけないこと言った。三十過ぎて、ってもしおまえが言われたらどうよ。自分が言われていやなことは人にも言うもんじゃありません」

何気ない口ぶりだった。説教ですらない。和室を出ていく兄の後ろ手にはジャンプが隠されていたのだから、それをごまかすために適当に喋《しゃべ》ったに違いない。それなのに、ささいな言葉がずしんと来た。

三十過ぎて。もう二、三年で私も三十過ぎてと言われてしまうのだ。だめだ。そんなの、ぜったいにだめだ。胸を張ってかっこいい三十を迎えたい。今のまま三十を迎えたらとんでもなく後悔するだろう。

ゆっくりと寝返りを打ち、蒲団の反対側の脇に落ちていたリストを拾う。身体《からだ》がふわりと浮くような気持ち悪さがある。まだめまいも残っている。這《は》っていって蒲団の足もとの鞄からボールペンを出す。それから、縋《すが》るような気持ちでリストを読み返す。否定しちゃだめだ。今の私の数少ない楽しみ——ではないにしても、少なくとも支え——のひとつなのだから。きれいになるのもいい。毎日鍋を使えたらたいしたものだ。お神輿けっこう、玉の輿大いにけっこう。一度うなずいてから、リストの最後に、豆、と書き足す。

豆、としか書きようがない。豆を実際にどうにかするわけではもちろんない。郁ちゃんにとっての豆を、私も探さなくてはならないということだ。いや、わざわざ探すんじゃなくて、きっと何かちょっと気がつけばいいことなんじゃないだろうか。——そう思ってから、天井を見上げて長い長いため息をつく。ちょっと気がつく、その難しさを感じてしまった。何に、どうやって、気がつくか。その「ちょっと」の差が積もり積もって郁ちゃんを遠くて高いところまで上らせた。このままじゃ、私は見上げていることしかできない。見上げる首が疲れて、見続けることもできないかもしれない。

ボールペンを放し、左手にリストを握ったままで蒲団に大の字に転がった。

やりたいことをやる、とか、新しく始める、とか。そのときはいい思いつきだと思って書くのに、後で見直すと首を傾《かし》げたくなる。豆だってきっと同じ道を辿《たど》る。やりたいことも新しいこともぼんやりしている。豆なんてなおさらだ。

やりたいことならどんどんやればいい。誰にも何にも止められていないんだから。それなのに、やらない。せいぜいル・クルーゼを買って悦に入るくらいだ。洋服を買いまくったり、旅行に出たり、リストアップされたそういうことを、片っ端から片づけていこうか。私の人生はもう少し充実するだろう。少なくともワードローブやデジタルカメラのメモリーは今より充実するはずだ。

「おーい」

襖の向こうから声がする。

「なーに」

「今日の夕飯」

するすると二十センチほど開けた襖の間から兄が顔を覗《のぞ》かせる。

「母さん遅くなるんだとさ。あすわに何か食べさせてくれって頼まれてたんだよ」

「娘が久しぶりに帰ってきて寝てるっていうのに、つめたい母だ」

「しかたないだろ、いろいろあんだよ」

いろいろある。お母さんにもいろいろある。そうだよな。そうだよ。私が勝手に出ていって勝手に帰ってきただけだ。

「ごめん、お兄ちゃんにもいろいろあるだろうに」

「それはいやみか？」

襖の隙間から片方の肩を突っ込んで、思い切ったように兄は言った。

「焼き肉でも食べに行くか」

「え。どうせなら家族みんなで行こうよ、みんな揃《そろ》ってるときにさ」

蒲団から見上げながら答えると、

「ばか、四人分奢《おご》れるほど余裕あるわけないだろ」

「じゃあいいよ、焼き肉なんて。もっと普通に家で食べるごはんがいい」

「おまえはほんとにばかだなあ。家で普通に食べるごはんってのがいちばんむずかしいんだよ」

たしかに、そうかもしれない。でも焼き肉を食べに行く元気もない。

「ろくなもん食ってないんだろ。だから痩せたんだよ」

「あっ、痩せた？　あたし痩せたの？」

「よろこんでどうすんだよ、ちゃんと食べてるっつって兄貴を安心させるくらいの気遣いはないのかよ」

「じゃあホットケーキ！」

兄は一瞬黙って、それからなさけないような笑い顔になった。ホットケーキは兄のほとんど唯一のカードだった。

「ほれ、そこすわって待ってろ」

兄の指した台所のテーブルまでそろそろと歩いていく。こういうときに肩ぐらい貸してくれればいいのに、まったく気の利かない男だと思う。

しかし、兄のホットケーキはおいしい。普段は料理などしないのに、なぜかホットケーキだけは小学生の頃から焼いてくれていた。気合いを入れないのがコツなのだという。粉と卵と牛乳を適当に入れて適当に混ぜる。

「おいしくつくろうなんて腕まくりしてみろよ、エゴが出るっつうか、どっか力んだ味になるからな」

エゴと来たか。たいそうな持論だ。ただほんとに適当につくってるだけなんじゃないかと思う。その証拠に、ホットケーキ以外のものをつくると、気合いのなさがそのまま味に出る。のんべんだらりとした炒《いた》めものや煮ものはやっぱりおいしくない。

「飲むか」

冷蔵庫を開けた兄が、中から缶ビールを取り出してこちらに放る。開けるとしゅっと泡が飛び出した。

「こんがりキツネ色に焼こうなんて気負うとだめなんだ。ジャコウネズミ程度でいいんだよ、なんとなく焼けたかなくらいで」

そのわりに、強火だ。ジャコウネズミがどんな色をしているのかは知らないが、香ばしい匂いが漂ってきて、きれいなキツネ色のホットケーキがお皿に載せられた。

焼きたての、甘くないホットケーキを齧《かじ》り、ビールを飲む。

「うん、おいしい。なんかホットケーキとビールってすごく合うよ」

「だろ」

兄はうれしそうに振り返り、おたまでボウルから新たなひと掬《すく》いをフライパンに落とす。

「じゃんじゃん焼くぜ」

その後ろ姿を見ながら、このままここに戻ってきてしまいたい気持ちがさっきよりさらに大きくなっていることに気づく。

「なんかさ、ここでこうやっていられたらいいなって」

「なんだ、何の話だ」

「こうやってホットケーキ食べながらビール飲んで他愛もないこと話していられたらって」

「してればいいだろ」

「会社、辞めちゃおうかな」

「なんだよそれ」

意地を張るのを止《や》めればこうなることはわかっていた。仕事に対する意欲が急に萎えてしまっている。もっとも、意欲にあふれていたことなどこれまでにあったかどうか。ただ、これまでは会社を辞めるつもりはなかったし、どんな形にせよ仕事はずっと続けていくんだろうと思っていた。

「ここらが潮時なのかもしれない」

そう言うと、兄は、はん、と笑った。

「なんだよ潮時って」

「ベビー服ってかわいいな、っていうだけの理由で選んだ会社だし、もともと事務職だからあたしの代わりはいくらでもいるわけだし」

「へえ、事務職だから代わりはいるってのか」

「あのね、あたし、居づらいんだよ」

そんなこともわからないの？　という目で兄を見据える。私は傷ついていた。婚約を破棄されて以来、同情や好奇の視線を浴び続けてきたのだ。——印籠を振りかざそうとして、不意にばかばかしくなった。かわいそうな自分を演じる自分に自分でうんざりだ。

私は今、ものすごく恰好悪い。

「お兄ちゃん、これ、まだ生焼け！」

「それくらいだいじょうぶだって。ミディアムレアくらいがいちばんうまいんだ」

兄は何事もなかったように聞き流している。もしかしたら妹の逡巡《しゅんじゅん》も後悔もほんとうに聞き逃しているのかもしれない。ロング缶が早くも三本空いている。

新卒からずっと働いてきた職場は可もなく不可もなし、だと思ってきた。氷河期に就職できただけで、まさに氷の原でようやく獲物にありつけたマンモスみたいな気分だったし、ベビー服に特別な思い入れはないものの、仕事ってそういうものだとも思っていた。思い入れのあるものを扱う仕事がいいとか、あるいは事務ではなく自分でデザインしてみたいとか、そんなことを考えるのって何か違う。

だけど、ほんとうにそうなのか。このままで正解なの？　目標もやり甲斐《がい》もなくたら働いていていいの？　誰も答えてはくれない。わかっている。誰にも答えようがないのだ。私が自分で考えて自分で答えるしかない。

「なんだ、どうしたんだあすわ、次のが焼けるぞ」

結婚で辞めようとは思っていなかったけれど、出産したら辞めてもいいと思っていた。ずっと昔の話のような気がする。結婚も出産もなくなって、辞めようがなくなったら逆に辞めたくなってしまった。辞めないまでも、もっと真剣に仕事のことを考えたくなった。

「豆を探したいんだよね、あたし」

「枝豆か？　ビールにはやっぱり」

「どんな豆かがわかれば苦労はないんだけど。ああ、あたしはどんな豆を探してるんだろう」

「もう酔っ払ったのか、あすわ。うわ、顔赤っ」

「ううん、豆っていうか、豆の形をした何か。豆形の――生きる道筋っていうか」

「どんな豆だよ」

兄は眉を顰《ひそ》めた。

そのあたりから記憶はまばらだ。空腹だった。しかも身体は弱っていた。そこへ久々のビールが効いたのだ。わからない、わからない、とつぶやいていたのが、やがて節が付き、歌になった。私はこぶしをまわしてわからないの歌を歌う。兄はぶつぶつ文句を言っていたけれど、最後のホットケーキを焼き上げるとテレビをつけてナイターを観《み》はじめた。

「ああもう、うるせえよあすわ、わからないわからないわからないって」

だ～って、と節を付けて答える。

「ほんとうにわからないんだもの、やりたいことも、豆も、仕事をどうするかも、きれいってどういうことかも、お金の使い方も」

「あ、金なら俺にくれ」

画面を見たまま左手だけこちらに伸ばしてくる。と思うと、その掌《てのひら》がぎゅっと力を込めてグーに握られた。

「よっしゃ行け、走れ、東出《ひがしで》。横山《よこやま》を勝たしてやれ」

「きれいになったらあたしは救われるか、鍋があたしを助けてくれるのか」

「俺は今年はカープになんとかクライマックスシリーズまでがんばってほしい。だから
こうして熱い声援を送る。それでおまえが救われるかどうかは俺にはわからん」

兄妹の話は明るく空回りし、もう嚙《か》み合うことはないだろう。

「鍋は救うわよ」

確信に満ちた声がして、振り向くとリビングの入口に母が立っていた。

「あすわ、毎日のごはんがあなたを助ける。それは間違いのないことよ」

母はそう言ってにっこりと笑った。

7　お見舞い

しかし、ヒマだった。ヒマという言葉はヒマラヤがルーツだと歌ったのは誰だったか。もしほんとうにその仮説が正しいなら、今、私は五合目あたりを登っているところなんじゃないか。

実際にはヒマラヤどころか標高六百メートル程の山の麓でうろうろ道に迷っている。敷きっぱなしの蒲団《ふとん》にごろんと横になって、ああ、空が青かったなあ、と思い出す。青空マーケットで見上げた空の広かったこと、そしてぎらぎらと照りつける太陽の熱かったこと。

そのままの姿勢で蒲団から柱の時計を見上げる。とうにお昼を過ぎている。道理でお腹《なか》が空いているはずだった。

父も母も兄も、家族は朝からみんな出かけてしまい、家にひとり取り残されていた。

「まだ本調子じゃないんだから、できるだけ寝ていなさいよ」

母は出がけにそう言い置いた。

「寝てるほどじゃないよ、もう元気だよ」

「あら、それじゃお夕飯の支度、お願いね」

「……それほど元気なわけでもないんだけど」

食卓の椅子にすわって恨めしげに見ている私に、

「パジャマのまんまで何ぐだぐだ言ってんだおまえ。あーあ、羨ましいねまったく。俺も一日パジャマで過ごしてみたいよ」

フリーターのくせに偉そうな兄も続いて出かけていった。

父は無愛想な顔をしていたけれど、母や兄よりはちょっとやさしかった。

「帰りに何かお土産買ってきてやるよ。何がいいんだ、言ってみろ」

お土産って言ったって、父の勤める会社のある駅か、地元の駅へ戻ってからの商店街で買うだけだろう。それでも幾分気持ちが華やいだ。

「アイスクリームがいい」

答えると、父の目尻が下がった。

「なんだよ、せっかくのお土産なのに百円のアイスでいいのか。あすわは相変わらず子供だなあ」

相変わらず子供だなあ、と言うことができて父はうれしそうだった。なんだかちょっといいことをしたような気持ちになりかけて、心の中でぷりぷり首を振る。百円じゃないアイスだってあるんだけど。父という人は娘心みたいなものを昔からぜんぜんわかっていない。三百円のアイスならひとつで喜ぶのに、百円のアイスを三つ買ってきたりする人なのだ。好意はあってもそれじゃ成果にはなかなか結びつきにくい。その辺のところをどう教えてあげればいいんだろう。兄あたりがうまく諭してくれればいいんだけれど、兄だって百円三つのタイプである可能性が濃厚だ。

あれ。そういえば、母はどこに出かけたんだろう。朝、普通に送り出したときの服装をはっきりとは覚えていないけど、きちんとした恰好だったように思う。もちろんまだスーパーもデパートも開いていない時間だった。

ふと気になって起き上がった。和室から台所を抜け、むしむし暑い廊下へ出て階段を上る。躊躇《ためら》うことなく、使い慣れた部屋のドアを開けた。

家捜しなんて人聞きの悪いことをしたわけじゃない。ただ、元・自分の部屋を覗《のぞ》きにきただけだ。母は改造中だと言っていた。どんなふうに改造しているのか、ちょっと見てみようと思った。

窓には黒いカーテンがついていた。インテリアの趣味でそうしたのではないことはひと目でわかった。元は私のベッドがあった場所にひとり掛けのソファがあり、その向かいにリビングのものよりひとまわり小さいテレビとDVDの棚が新しく置かれてあった。これを観《み》るための黒いカーテンだ。堂々とリビングで観ればいいのに。そう思ったら首すじのあたりに後ろめたさがしのび込んできた。考えたこともなかったけれど、お母さんの部屋なんてなかったんだな。娘が出ていったひとりの空間で好きな映画をゆっくり観たいのかもしれないな。

何気なく棚のDVDに伸ばそうとした手が止まった。DVDは映画ばかりじゃなかった。『ひまわり』とか『道』とか、私でも知っているイタリアの名画のタイトルの隣に、イタリア語講座、とラベルのあるものが何本かひっそりと並んでいた。イタリア語？いやだお母さん突然どうしたの？

笑ってみようとして、気がついてしまった。突然ではないのではないか。

この家で暮らしていた頃から、私は昼間、家にいなかったから、母がどこでどうしているのかぜんぜん知らなかった。知ろうともしなかったんだと思う。なんとなく、のんきに家事を済ませた後はテレビを観ながらお煎餅でも食べているのかと思っていたけど、そんなわけがない。そんなわけ、ないじゃないか。

母が昼間に何をしているのか、どんなことに興味を持っているのか、話をちゃんと聞いたことがあっただろうか。新婚旅行はフィレンツェなんてどうかしら、と口にしていたのを覚えている。あのとき私はなんと答えたんだったか。ギリシャだよ、もう譲さんと決めたんだもん。そんなことを言って一顧だにしなかったはずだ。母自身が行きたかったのだろうに、話の継穂《つぎほ》を与えなかった。いつもいつも自分のことばかりで、まったく親不孝な娘だった。

何も言わなかった母に代わって小振りの真新しいテレビに責められているようで、すごすごと部屋を出る。ぱたん。ぱたん。階段を下りるスリッパの音だけが響く。

リビングへ入り、エアコンを少し強くし、テレビをつけてチャンネルを二巡してから消す。冷蔵庫を開け、一枚だけ残っていた薩摩《さつま》揚《あ》げを見つける。それを網で炙《あぶ》っている間にのろのろ生姜《しょうが》を下ろし、ジャーからお茶碗《ちゃわん》にごはんをよそう。網から下ろした薩摩揚げのちょっと焦げ目のついたところに生姜と醤油《しょうゆ》を垂らす。食卓にごはんと薩摩揚げだけ。食べてしまえばもうすることがなかった。

こんなんだったっけ。いつもこんなにすることがなかったんだっけ。お茶碗を流しに運び、洗い桶《おけ》に入れながら首を傾《かし》げている。ほんの少し前、ここに暮らしていた頃はこんなふうに平日を過ごすことなんてほとんどなかったから、気がつかなかっただけなのかもしれない。あの頃とどこが変わってしまったんだろう。どうしてこんなにすることがないんだろう。

考えるまでもなく答は出ている。あの頃、いつもそばにいた譲さんが、いない。譲さんが去り、結婚がなくなっただけなのに、何もかもなくした気分になった。突然すべて取りあげられて、荒野にひとりで放り出されたような感じがした。だけど、取りあげられたんじゃない。なくしたわけでもない。はじめから何も持っていなかったのだ。

譲さんがいなくなってみてよくわかった。並んで歩くはずの人が消えるということは、並んで歩いていくはずの道も消えるということだ。私はどっちに足を踏み出していいのかさえわからないでいる。あたりまえだ。結婚によりかかって歩いていたのだから。

しかし、今ならどうか。元の道に戻してあげようかと聞かれたら、私はうなずくだろうか。あんなにしっかりとしていたはずの道が、今は跡形もない。その先に何があるのか、足もとの土はぬかるんでいないか、すぐそこに穴が開いてるんじゃないか。そんなことを考えもしなかった。気がつけば、道のないところにひとりで佇《たたず》んでいる。

荒野にひとりで放り出された無頼派のイメージは、ちょっとかっこいいけれど錯覚だろう。荒野でもないし、ひとりでもない。あるいは、はじめから荒野だったし、ひとりだった。私自身は何も変わっていない。その事実から始めたほうがいい。

これからいろんな道を切り拓《ひら》いていける。どこをどう進んでもいい。好きなほうへずんずん歩いていっていいのだ。そんなふうに思うそばから気持ちは萎えていく。もともと方向音痴だった。体力もない。どこへでも行けるとなったら、さて、いったいどこへ。

リビングのソファにすわったまま、ぼんやり考える。どこへも行けないと思っているときは、どうすればいいんだっけ。――紙に書き出したじゃないか。どこへ歩いていけばいいのか、何をすればいいのか。ドリフターズ・リストだ。こういうときこそあのリストの出番なのだ。

和室に戻り、隅に置いてあった鞄《かばん》からリストを取り出す。

ざっと眺めただけで、すぐにひとつの項目を選び出すことができた。こういうときは今すぐできるいちばん具体的な項目に取りかかるに限る。毎日鍋を使う、だ。

同じ鞄の底から、袋に入った白い豆を取り出す。銀手亡《ぎんてぼう》、とラベルに書いてある。青空マーケットで郁ちゃんから買った豆。乾物の豆なんて自分で茹《ゆ》でたことはなかった。でも缶詰の豆なら使ったことがある。お節には母と一緒に黒豆を煮たこともあった、はずだ。よく覚えていないけど。たぶん、だいじょうぶ。

台所の奥へ行き、天袋から大きな鍋を出す。たしか、鍋に豆を入れ、さっと洗ったら、たっぷりの水に浸《つ》けておけばいい。

勢いよく出る水に浸されていく白い豆を見ているうちに気分がゆったりしていく。何か今、いい方向へ一歩を踏み出したような感触がある。毎日鍋を使うというリストの項目を遂行でき、郁ちゃんの豆を料理してみることができ、おまけに夕飯の支度にもなる。一羽、二羽、三羽。一石三鳥じゃないか。

昨日の夜、兄とふたりでいるところへ帰ってきて、母は言った。

――毎日のごはんがあなたを助ける。

そのわりには、たいしたものをつくってもらった覚えがないよね、と兄妹で囁《ささや》きあった。あれは、毎日食べるごはんが私の身体《からだ》を構成しているという意味じゃなく、毎日ごはんをつくることで暮らしがまわっていく、そういうような意味だったのかもしれない。だから豆を水に浸すだけでこんなに満足感があるのだ。

チャイムが鳴ったような気がして、水を止める。ピンポーン。たしかに鳴っている。こんな昼間に誰が来るんだろう。足音をしのばせて、台所の椅子にすわる。水音は外までは聞こえなかったはずだ。居留守しかない。だって、まだパジャマだ。チャイムはもう一度だけ鳴って、途切れた。しばらく待ってから作業に戻る。水道の蛇口を捻《ひね》ったときに、また何かが鳴ったような気がして水を止めた。

携帯だった。携帯が鳴っていた。慌ててタオルで手を拭いて和室へ走り、充電器に差さった携帯を外す。京、と表示が出ていた。

「……もしもし、あすわ、いるんでしょ？」

「え、あ、今のチャイム？　京だったの？」

「玄関にいるから早く開けて」

大股で玄関へ向かいながら、聞いてみる。

「どうしてこっちにいるってわかったの」

「あすわがメールくれたんじゃない、熱中症で入院して実家に帰ったって」

「ああ」

そうだった。知らせる相手がいなくて、と言うととんでもなく失礼だけれど、実際、メールを打つ相手が京くらいしか思いつかなかった。郁ちゃんとはアドレスを交換してあるけれど、メールしたことはない。まして、あの場で熱中症になったとは言いづらかった。ロッカさんは日頃からメールが嫌いだと言っている。単に打つのが面倒だからだと思うけれど。

携帯を耳にあてたままドアを開けると、同じく携帯を耳にあてた京が立っていた。

「そっか、今日は火曜日なんだ」

「あすわ、もう携帯使わなくても聞こえてるから」

そう忠告しながら自分もまだ携帯を耳にあてている京の背後でドアが閉まる。その音が右の耳と左の耳、それぞれから聞こえてきたとき、そこにわずかな時差があることを知った。右の耳から聞こえた音と携帯にあてた左の耳から聞こえた音とのまんなかに何かがしんと立っている。

「来てくれて、ありがとう」

私の声が生で京の右耳に伝わり、携帯を通して左耳に伝わる。両耳の間にラグが生じる。京の目に戸惑いが浮かんで消えるのが見えた。ほんの一瞬のこのタイムラグが私と京の間の、なんというか、リアリティみたいなものだ。

至近距離で向かい合いながら、京は携帯に言った。

「とりあえず、パジャマ着替えなよ」

和室に戻って着替えたのは、首まわりの伸びたオレンジのTシャツとグレーの短パンだ。もうちょっとましな恰好をしたかったけれど、実家に残してあった服だからろくなものはなかった。

その恰好でリビングに出ていくと、京のさわやかで品のある白いワンピースがまぶしい。

「あんましパジャマと変わんないね」

そう自分で笑ってしまえば気が楽だ。しかし、ソファの京は笑わなかった。

「あすわ、せっかくかわいいんだからもう少しなんとかしたら」

持つべきものは友だと思う。かわいいなんて励ましてくれるのは京以外にいない。譲さんのことがちらっと過《よぎ》ったけれど、結局は譲さんは私のことをかわいいと思い続けてはくれなかった。

「かわいいなんて言葉に頼ってちゃだめなんだよね」

憮然《ぶぜん》とした私を見て京はおかしそうに笑った。

「どうしたのよ、あすわ。かわいいって言われるの、いやなの？　どうして？　ちょっとお化粧して、気に入った服に着替えるだけで気持ちがしゃんとするのに、もったいないじゃない」

そう言って、ソファから伸びる長い脚を組む。

「かわいいって言われたいの？　京も」

そんなことはない、と言ってほしい。

「かわいいかどうかを基準にするなんて、それも人からの評価を気にするなんて、京らしくない」

ひと息に言ってしまうと京は背中をすっかりソファに預けて、ちょっと笑った。

「じゃあ、あすわらしいっていうのはどんなの」

ぐっと詰まって答えられない。京の笑顔はいつも通り涼やかだった。

「べつに人にかわいいって言われたいわけじゃないのよ。朝起きて顔を洗うみたいに、お化粧してきれいな服を着る。それくらい身近で切実なことなの。あすわにとっても何かあるでしょう、毎日これをやらないと始まらないってこと」

「あたしには、ない、と思う」

毎日やること。私の芯になるようなこと。ほんとうに、ない、と思う。

「あすわは今ちょっと自分に自信をなくしてるだけだから」

帰り際に振り返った京がにっこりと微笑んだ。

うん、と私も微笑む。ありがとう、と手を振る。ドアから半分だけ身体を出して見送った後、つぶやいた。

――京め。

あんたはいい。「ちょっとなくした自信」をすぐに取り戻すことができるんだろう。自分ではそうと意識せずに大きな自信をつかんでいる人の余裕だ。そんな人に私の自信のなさは滑稽に見えるかもしれない。

もうずっと自分に自信を持てないでいる。もうずっとというのがどれくらいずっとなのか、思い起こそうとすると頭が痛くなるくらいだ。熱中症の後遺症なんかじゃない。自信なんて生まれた頃から持ったことがなかった気がする。

何かでいちばんになるとか、目立つとかいったことがぜんぜんなかった。勉強も運動も容姿も並だ。自分に対しての評価は大概甘くなるというから、自分で並だと思っていたということは実際には並よりちょっと下だったのかもしれない。

人並み外れてきれいで、いつも目立って何でもできた京に私の気持ちがわかるはずもない。わからないことをわかっている、そういうスタンスだからこれまでうまくやってこられた。でもここまでわからないことに差がありすぎると、つらい。私の自信はちょっとなくしたようなものではないのだ。

見送った後、リビングに戻って大きなため息をつく。ひとりでいる特権はこれだと思う。つきたいときにため息をつけること。ため息に埋もれるようにそのまま少しソファで眠った。

玄関のドアが開いたと思ったら、母が帰ってきたらしい。機嫌のいい声が聞こえてい
る。そうだ、今日はせめて帰宅した母を玄関で出迎えようと思っていたんだった。が、
おかえり、と言いかけて立ち止まった。

母は後ろに京を引き連れていた。

「さ、入って。久しぶりじゃないの、京ちゃん、ゆっくりしていってね」

「っていうかさっき帰っていったところなんだけど」

母の後ろで京がぺろっと舌を出した。

「せっかくだからお夕飯食べていってちょうだい」

はあい、と歓声を上げた京を階段の脇に引っ張った。

「どうしたの、なんで戻ってきたの」

「なんか里心ついちゃって」

えへへ、と京が笑う。

「おばさんのごはん、おいしいのよね」

「そうお？　普段のありきたりのごはんが？」

「ばかだね、あすわ。そういう普段着みたいなものが毎日毎日おいしいっていうのがい
ちばんすごいんじゃない」

あ、なんかこの台詞《せりふ》、最近どこかで聞いた気がする。毎日、とか、普段、とか、ごは

ん、とか。不肖の兄だったか。兄の口から聞かされると信憑性《しんぴょうせい》に欠けるんだけども、意外とまっとうな見解だったのかもしれない。

ふたりともー、ちょっと手伝ってちょうだーい、と台所から声がする。嬉々《きき》として京が出ていく。私は後ろからついていく形になった。

「うち、こういうのなかったから。憧れだったのよね、普段の食卓を母娘で調えるシーン」

「あ、じゃ、任せた」

言いながら、思い出していた。京は家族と折り合いが悪い。高校を出るときに家を出て以来、ほとんど帰っていないはずだ。

「菜っ葉、洗ってくれる？」

手渡された小松菜を京が流しに持っていき、

「ちょっとぉ、お昼のお茶碗ぐらい洗っておきなさいよ、あすわ」

「……ごめん、忘れてた」

「いやだ、お鍋、中途半端に戻った豆が入ってるじゃない」

母も叱責の目を向けてくる。

「これ、まだちゃんと戻ってないわよ。茹でても硬いでしょ。この暑さじゃ明日までは置けないんだし、お夕飯の後で煮ておいてちょうだいよ」

「……ごめん、忘れてた」

ちょうど帰ってきた父が台所に顔を出し、愛想のいい声を出す。

「お、京ちゃんか、久しぶり。よかった、アイスたくさん買ってきたぞ」

スーパーの袋を掲げてみせる。たくさんじゃなくて、少しでいいの。おいしいのを少し、っていうのが望みなの。でも、自慢げな父の笑顔を前にしてはとても言えない。

京がいるだけで場が華やいでいる。こんな娘だったら父も母も張り合いがあるだろう。

——娘じゃないから、娘じゃなくて息子だったから、京の両親には受け入れられなかったということか。

しばらくして帰ってきた兄も、京を見ると顔をほころばせた。久しぶりににぎやかな夕餉《ゆうげ》になった。

近くの駅まで送っていくことにして、京とふたりで家を出る。夜はさすがにしのぎやすくなってきている。

「また来てね」

楽しかったからそう言った。つもりだった。それなのに、急に京のことが羨ましく思えてしまった。

「いいよね、京は。うちの家族にもすごくウケがよくてさ」

ふふ、と京は笑った。

「ウケるとしたら、あすわの家族だからじゃない」

「ああ、こーんな小っちゃい頃からかわいがってたもんね京のことは」

京は一度夜空を仰いでから私を見た。

「ほんと、ありがたいよね。でも、それだけの理由じゃないのよ。あすわの家族はあすわの友達だから歓迎してくれるの」

「そりゃあ、まあ、ある程度はそうかも」

「そこよ」

ぴしっと京は人差し指を立てた。

「娘の友達を大切にしてくれる、つまりは娘を大切にしてくれる、それがあたりまえだと思ってるんでしょう。ところがそんなのぜんぜんあたりまえじゃないの。あすわは恵まれてるの。しあわせなの」

急に言われても、ぜんぜん実感がない。

「あすわ、自分がどれくらいかわいがられてきたか、考えたことある？」

京がこちらを見て、私と目が合った。夜目にもきれいだと思った。

「おじさんやおばさん、あすわのこと途轍《とてつ》もなくかわいがってるよ」

「そうかな」

「そうよ」

強い調子で断言された。

「かわいがられて育った子は、すでに自信を持っているの。自分で気づいていないだけ。あすわがそこにいていいって無条件に思っていられるのは、自信があるからなのよ」

もしかして京は、わからず屋の私にわからせるためにわざわざ戻ってきてくれたんだろうか。

京ちゃんは幼い頃から頑張り屋だったわね、と母はさっき感慨深そうに話した。いつもしっかりしていた。勉強も運動もよくできた。誰にでもやさしかった。

「こんなに立派になって、おばさん、京ちゃんを誇りに思うわ」

そう言って目頭を押さえた。

「おいおい、何も泣くことないだろう」

父は笑ったが、たしかに京のことは誇ってもいいと私も思う。よく頑張ってきた。頑張らなくちゃいけなかったんだろう。いけなくなんかないのに、きっと頑張って認めてもらいたかったんだ。

——そっか。京の自信は生まれつきじゃない。努力して努力して築いていったものだ。

「ここまででいいよ」

私鉄の駅まで半分くらいのところにあるコンビニの前で、京は手を振った。私も手を振り返す。

「うちの家族、今日はみんなよろこんでたよ」

続けようかどうしようか、一瞬だけ迷った。京を相手にこんなことを面と向かって言うのはひどく照れくさい。わずかな隙間のようなタイムラグが、ぎゅっとくっついてなくなってしまう感覚に襲われる。

「うちのお父さんもお母さんもお兄ちゃんも京のことが大好きだから、久しぶりに来てくれてうれしかったんだよ」

もしも京があたしの友達じゃなかったとしても。――そう付け加えるのはやめておいた。そんな仮定、意味がないから。考えたくもないから。

家に戻ると、

「携帯、鳴ってたぞ」

テレビの画面から目を離さずに兄が教えてくれた。この頃は滅多に鳴らない携帯をつい忘れて出てしまう。メールが来ていないか、何度も何度もチェックしていたのが嘘《うそ》のようだ。

「そうだ、おまえ、なんだよあの着うた。恥ずかしいからやめてくれ」

「ほっといて」

譲さんとの思い出のまったくない歌に新しく変えたところなのだ。見るとディスプレイが光っていた。郁ちゃん、と出ている。かけ直すべきだろうか？

しばらく会社を休むことにしたのは好都合だったかもしれないと思いはじめていた。今のままなら、出社して顔を合わせた郁ちゃんに何を話していいのかわからない。もしかしたら、青空マーケットでのことなどなかったふりで普段通りに話せば何も変わらないままでいられるのかもしれないけれど、やっぱりそれじゃだめだ。

どうしよう。どうしようか。ぶつぶつ言いながらお風呂に入り、頭からシャワーを浴びる。豆を売っていた郁ちゃんはいつもよりいきいきと光って見えた。かっこよかったし、豆料理クラブの理念には衝撃を受けた。あのときはあんなに応援したい気持ちにあふれていたのに、どうしてそれを素直に話せないんだろう。

携帯が鳴ったのは、もやもやした気持ちのままお風呂場を出て短い髪をごし拭いているときだった。郁ちゃんからだ。出るか、どうしようか、少し迷った。意を決して通話ボタンを押そうとしたとき、リビングのほうから兄の声が飛んできた。

「早く出ろよ、口笛はなっぜー、ってうるせえよ。そりゃおじいさんに聞いてみろって。大事な試合だったのに、あー栗原おまえの無念を無駄にはしねえ」

襖《ふすま》を閉めてボタンを押した。

「郁ちゃん？」

まずは先手だ。できるだけ能天気な声を出そうとして、声が裏返った。

「ごめんね、具合の悪いときに。しばらく休むって聞いてびっくりして、迷ったんだけどかけちゃった。……だいじょうぶ？」

たんぽぽみたいな声が聞こえてくる。

「うん、もうだいじょうぶ」

「日曜日、元気そうだったのにね」

そうだ、日曜日の話をしなくちゃいけない。

「ごめん、あの日は急にいなくなって。――あ、あの豆、すごいね、ぷっくり膨らんですぐに煮えた」

「わあ、早速食べてみてくれたんだ」

「うん。すごいおいしかった」

茹でながら、加減を見ようと一粒つまんで、そうしたらまだ味つけをしていないのにやんわり甘くて豆はほんとうにおいしかったのだった。

どうやって食べるといちばんおいしいか、郁ちゃんはうれしそうにひとしきり説明してから、不意に黙った。

「あのさ」

電話の向こうで息をひそめた気配があった。本題に入る、気配だ。

「ちょっと言いづらいんだけど」

郁ちゃんが言いよどんだその空気を私ははっしとつかみ、反射的に口走っていた。

「言いづらかったら言わなくていいよ」

軽い調子で言ったつもりだった。でも、ぺこんぺこんと赤いランプが点滅しはじめてしまった。間違いランプだ。慌てて今の台詞を巻き戻す。言いづらいことは言わない、こちらも察して聞かないことにする。それだけの関係をこれからも続けたいのか。今、郁ちゃんの話したいことを聞かなくてどうするつもりなのか。

「……じゃなくて話してほしい。聞きたい。聞くべきだよ、うん」

急いで言い直すと、郁ちゃんは笑い声になった。

「ありがと。あすわがそう言ってくれると話しやすくなるね。あのね、ええと、興味なかったら聞き流してくれてかまわないからね」

どきどきしていた。郁ちゃんがやけに迷っている。そんなに深刻な話なんだろうか。会社を辞める相談だとか、まさか豆料理の副業を手伝ってほしいとか？　私にきちんと応えられるような話ならいいのだけど。

「私、豆料理クラブとして出店するのに、何人か友達頼んでたの。テント張ったり、車出してもらったり、ちょっとひとりじゃ無理そうだったから」

「そういうことなら、これからはあたしにも声をかけてよ。いくらでも手伝うよ」

「ありがとう。それでね、ええと」

「いやだもう、郁ちゃん、遠慮しないで。今度はいつなの？　もう身体もだいじょうぶだし、いつでも空いてるよ」

「うん、や、そうじゃなくて、あのね、あの日、その友達の中に、あすわにひと目ぼれしちゃった子がいるんだ。それで、どうしても紹介してほしいって頼まれたんだけど……あすわ、今たぶんそういう心境じゃないよね？」

「うん」

即答した。破談になって間もないというだけでなく、私は自分に何もないということに気づいてしまった。もう、恋も、結婚も、一生ないような気がしている。

「……ごめんね、せっかく取り次いでくれたのに」

「ううん、こっちこそよ。瀬戸口《せとぐち》くんにはちゃんと言っとく。でもあの人、考えようによってはラッキーよね。ほんとだったらもうすぐあすわは人妻だったかもしれないんだし、とりあえずチャンスは残ってるわけだもの」

それはチャンスなのか、残っていると言えるほど残っているのか。よくわからない。だいいち私にひと目ぼれだなんて、その瀬戸口くんとかいう人も運の尽きという気がする。

「念のためにこれだけは言っておくけど、瀬戸口くんはいい人よ、すごく」

いい人ならどうして私なんかにひと目ぼれするのだ。そう思ったけれど黙っておいた。

8　ふりだしを越えて

直接聞いてくれればいいのに、父は私ではなく母に尋ねたそうだ。あすわはまだしばらくここにいるんだろ、と何気なさそうに。

ごめん、お父さん。この家は居心地がいいけれど、やっぱりアパートに帰ろうと思う。いてほしいと望んでもらえるのは素直にうれしいし、ありがたいことだとも思う。こんな近くに実家があるのにひとり暮らしさせてもらえていることに感謝しなくちゃいけない。

自立のためだなんて言いながら、煩わしいことをすべて実家に置き去りにして勝手にひとりで粋がってるんじゃないかと自分でもちょっと不安だった。だけどこんなに居心地がいいならもう安心だ。実家が嫌で、自由気ままなひとり暮らしを満喫したくて逃げ出したわけじゃない。ごはんをつくったりお風呂を掃除したりゴミを分別して出したり宅配便の不在配達を受け取ったり、細々としたことをひとつずつこなして自分で自分の生活をまわしていく。そういう手数が私には必要だった。

月曜、火曜、と二日使っただけの蒲団《ふとん》を抱えてベランダに出る。今日も朝から陽射《ひざ》しが強い。

「辞めるなよ」

さっき、出かける兄が玄関で靴を履きながら言った。何の話だか、滑舌が悪いから何を言っているのかさえよくわからなくて聞き返そうとすると、「仕事」とぶっきらぼうに付け足した。

私がアパートに戻ろうと思っていることが兄にはわかったみたいだ。しかし、フリーターの分際で、人に仕事を辞めるなよなんてよく言えたものだ。フリーターだからこその実感だろうか。こんなつらい立場に身を置くな、ということか。その割には切実そうにも見えない。兄の職場は商店街にある大きめの酒屋と、その伝手《つ て》で通うようになった駅前のリストランテだ。けっこう長く掛け持ちしているはずだ。うまくやっていけてるんだろうか。いつも通りの気楽な服装で足取りも軽そうに出かけていった。

その後ろ姿を見送って、ひとりでリビングに戻ったとき、不意に思った。夜まで待てない。みんなが帰るのをここで待って、アパートへ帰ることを告げる。それが家族に対するせめてもの礼儀だとは思ったけれど、今日この一日を無為に過ごすことのほうが怖かった。今を逃せば、私はまただらだらとここに居すわりたくなってしまうかもしれない。お父さん、ごめん。もう一度、口の中でつぶやいた。私は自分をそれほど信用していないのだ。

蒲団を干し、使っていた和室にざっと掃除機をかけ、テーブルの上に置き手紙を残した。

「どうもありがとう。また来ます。明日羽」

広告の裏に油性マジックでそれだけ書いて、なんと風情のない手紙かと思う。

「心配かけてごめんなさい。」

考え考え追加した。

「もうだいじょうぶみたいです。」

それから、少しサービスも入れる。

「お父さん、アイスおいしかったよ。」

「お兄ちゃん、ホットケーキごちそうさま。」

食べものを列挙すると、なんだか遺書みたいだ。

「お母さん、」

そう書いてから、しばらく悩んだ。イタリア語、がんばってね。いや、違う。がんばるときこそそっと見守っていてほしいものなんじゃないか。私ならそうだ。いつか、一緒にイタリア旅行をしようね。いや、それも違う。母とイタリア旅行なんてきっとしない。元気でね、か。また連絡するね、か。妙によそよそしい。じゃあ、なんだろう。母に、ひとこと。

「おいしいものを食べようね。」

結局、食べものか。ほんとうは、ご馳走《ちそう》するね、と書きたかった。自慢の黄色いル・クルーゼでだ。でも今はまだちょっとその自信はない。

玄関の鍵を閉め、新聞受けに落とす。下駄箱《げたばこ》の上にがちゃんと落ちた音を確かめてから、駅への道を歩き出す。ここからアパートまでは電車の待ち時間を入れても三十分とかからない。でも、それだけの間に周波数みたいなものが変化する。私の中の何か、どこか、反応する場所がぴっと変わって、しっかりしよう、自分の足で一歩ずつ歩いていこう、そういうひとり態勢に入るみたいだ。

三日ぶりに見たアパートは、思っていたよりぼろかった。真下の道からしげしげと見上げる。けっこう年季が入っているのに、そういうことを今まで気にしていなかった。アパートの外観を気にする余裕もなかったのだろう。ひとりでこんなところへ来てしまった、という孤独感。新築のアパートに越していたとしても、きっと同じことだ。私には響かなかった。

古びた外階段を上り、二階に五つ並んだ部屋のドアの向こうから二番目。四が抜けているから二〇五号室だ。

ドアを開けた途端、むわっとした熱気とともに懐かしい匂いがした。あ、懐かしいだって。狭い三和土《たたき》で靴を脱ぎながら、不思議な錯覚にとらわれている。懐かしいところへ帰ってきたような感じ。錯覚ではないのかもしれない。きっとここが私の場所なのだ。越してきてまだそんなに経っていないのに、このアパートの部屋の古ぼけた匂いがもう懐かしくなっている。

玄関を上がり、台所でコップに水を一杯汲《く》んで、立ったままそれを飲み干してから、すべての窓を開けに行く。籠もった熱気を逃がしたい。ベランダのサッシを開けたとき、網戸からさあっと風が入り込んできた。

きれいになる。

毎日鍋を使う。

お神輿。

玉の輿。

やりたいことをやる。

ぱーっと旅行をする。

新しく始める。

豆。

リストを前に、考え込んでいる。そもそも考え込むようじゃいけないのだ。やりたいことのリストをつくってそれを実行していくことに意味がある。ただリストを書いて消していく、そうすることで少しずつ私は立ち直っていくはずだった。

立ち直るって、どこから？　もしかして、破談から？

汗が背中を伝って流れたのを機に、窓を閉め、エアコンをつける。うーん、とエアコンが稼働し、私も一緒に考え込んでしまう。うーん。ドリフターズ・リストって、破談から立ち直るためのリストだったんだろうか。

それってむなしい。破談から立ち直るためなんて一時しのぎじゃないか。立ち直った時点までしか持っていけないなら、私はまたふりだしに戻る。もっとこれからの私を末永く支えるようなリストにしたい。

今がチャンスだ。ふりだしを越えていこう。会社はこの一週間、休むことになっている。身体《からだ》はもうほとんどだいじょうぶだ。このチャンスにリストを見直し、書き加え、それをひとつずつ消していく。そうやって自分で自分を支えていく土台をつくろう。きれいになる。毎日鍋を使う。お神輿。玉の輿。やりたいことをやる。ぱーっと旅行をする。新しく始める。豆。

しかし、何かが引っかかる。このリスト、どこかがおかしい。項目ごとに解像度の差がありすぎる。

豆、は論外。やりたいことをやる、だってあんまりだ。こんなに抽象的だから動けなくなるんじゃないか。

たとえばだ。会社で扱うベビー服を「もっと売れるように」と指示されたとする。売れるようにってどんなだろう。もっとかわいく、だったらフリルを増やすとか、フードに猫耳をつけるとか、パステルカラーにするとか。もっと高級感を出す、だったらまったく違った方向を目指さなければならないだろう。あるいは、もっと安く。もっと色のバリエーションを豊富に。そもそも製作だけの問題ではなく、営業にも責任はある。いずれにせよ、明確な項目を挙げなければ、迷走するばかりだ。

リストだって同じだ。細分化して具体的な項目にする。それを片っ端から片づけていこう。

手にしていたボールペンを鉛筆に持ち替える。これで間違えても平気だ。消しゴムで消してしまえばいい。やりたいことをやる、の下から鉛筆で矢印を引っ張って、たとえば、ええと、そうだな、

・フェルメールを観《み》る。

いいね、いいね、フェルメール。なんだか教養ある感じで。すごく流行《はや》っているみたいだからもう一般教養の部類だろうか。

・ルーテシアに行ってシュークリームを好きなだけ食べる。

・河原で思いっ切りトランペットを吹きまくる。
トランペットなんて持ってもいないし、吹けもしないんだけど。これならすらすら書ける。眉間に皺《しわ》を寄せることなく、鼻歌でも歌うような調子だ。だいたい鼻歌を歌うこと自体、ちょっと前なら考えられなかった。もう一生鼻歌を歌うことはないと決めていたわけではない。ただ鼻歌の存在を忘れていた。今なら思い出せる。なんでもないときってこんな感じだった。私はよく鼻歌を歌っていた。
・名画を観まくる。
・サルヴァトーレでエステを受ける。（↑譲さんを、ぎゃぎゃふんと言わせる、と書きかけて「ぎゃ」で手を止めた。どんなことになっても、ぎゃふんなんて言葉を使う人はいない。
だいいち譲さんにぎゃふんと言わせたところでどうなる。私がきれいになったからといって譲さんの気持ちが戻るわけでもあるまい。あすわってこんなにきれいだったんだ、もったいないことをしたな、くらいは思ってくれるかもしれないけれど。譲さんのことだ、あすわが元気そうで安心した、という方向に思考が向かうかもしれない。

立っていって、窓から外を見る。焼けたアスファルトの上を猫が横切っていく。

譲さんは私がきれいではなかったから離れていったのではないと思う。きれいになることと譲さんは関係がない。譲さんはもう何にも関係がない。

端に寄せられた水色のカーテンを見て、秋になったらカーテンを替えるのもいいな、と思いついた。引っ越してきたときにとりあえず駅前の家具屋で適当なものを買ってきて掛けてしまったけれど、秋には秋の、冬なら冬のカーテンが掛かっていたら、この部屋はもっとよく私に馴染《なじ》んでくれるだろう。ここは一時しのぎの腰かけ部屋ではない。やがて秋を迎え、冬が来て、春が過ぎ、また夏が来ても私はここにいるはずだ。

・カーテンを替える。

季節ごとにカーテンを替えて、ひとりの暮らしを満喫しよう。そうだ、この機会に習い事を始めるのもいいかもしれない。破談にならなければやっていなかっただろうこと、ここで一念発起して始めたことで大成するって素敵だ。大成しなくてもいい。あの転機のおかげで今はこんなに楽しい、と思えるものをやりたい。これってやっぱり譲さんへの意地みたいなものかもしれない、とも思う。それでもいいことにしてしまおう。

新しく始めるのは、何がいいかなあ。

自分探しなんかをするつもりはない。自分を探したって始まらない。私には何にもないんだから。探すんじゃなくて、新しく付け加えるのだ。そうして、なりたい自分になる。そのためのリストだ。

こんなふうに思えるようになったこと、私には何もないと発見できたこと、その上で前向きになれたこと、何か月か前までの私には考えられないことだった。譲さんには感謝している。

――なんて。ふん。そんなわけないじゃん。ぜったいにゆるさないよ、譲さん。ふん。つい憎悪が喚起されてしまった。いかん。考えるばかりじゃなく、何かやったほうがいい。動き出せば、きっと変わる。

そう思いつつ、どさっと畳に寝転んだ。何か、やろう。何か、やらなくては。

伸ばした手の中指の先が何かに触れた。さっき、下の集合ポストから持ってきた、この三日分の新聞の束だった。留守にしていたから溜《た》まったものではあるけれど、正直に言うなら留守にしなくても溜まっていく。実家にいた頃から新聞をきちんと読む習慣はなかった。一面の大見出しくらいは眺めるにしても、あとはテレビ番組欄と、そこをめくったら現れる四コマ漫画と三面記事に目を通して終わりだ。届けられた形のまま部屋の隅に積まれる日も多い。その日の分さえ読まないものを後でまとめて読むなんてことはきっとしないだろう。それなのに、真新しい新聞を捨てるのが後ろめたくて、いつのまにか溜まっていった。

もともと購読するつもりなどなかったのだ。ネットで事足りる。引っ越したばかりのある日、例によって用もなく現れてここでお茶を飲んでいたロッカさんに、あれ、今日の新聞どこ？　と聞かれた。その瞬間、新聞を取っていない自分が幼稚に思えて急に恥ずかしくなってしまった。あのひとことはロッカさんだったから効いたのだ。ロッカさんでさえ読んでいる！　すぐに販売店に電話した。

毎朝自分のための新聞が届くことで、いっぱしの人間になったようなよろこびはあった。でも、溜まっていく。読んでいない、開いてもいない新聞はプレッシャーとなってカサカサと溜まっていった。

今月いっぱいで止《や》めようか。指の先に触れた新聞を引き寄せると、束から広告のチラシがばさりと落ちた。何気なくそのカラフルなチラシを抜き取ったとき、あ、と小さく声が漏れた。それは料理教室の生徒募集の広告だった。

これだ、と思った。これだよ。習い事をしたいなあと思っていたときに目に入ったチラシ、これが運命だ。

起き上がって、迷わず電話をかける。ここで迷ったらまた動き出す機会を逃してしまう。あの、見学したいんですけど、と早口になった。見学だけじゃなく、体験もできますよ、と返ってきたその声の感じがよかったので安心した。今日、午後一の回が空いているそうだ。じゃあ伺います、と電話を切った。トントン拍子だ。うまくいくときはこういうものなのだ。鼻歌を歌いながら私はリストに鉛筆で書き足した。

・料理教室に行く。

＊

エステには、もともとある程度きれいな人がさらに磨きをかけるために行くという。料理教室も、ある程度腕に覚えのある人がさらなる研鑽《けんさん》のために行くんじゃないか。道々そう考えて少し緊張した。なにしろ私はまるで初心者だ。おとなしく見学だけにしておけばよかっただろうか。

教室に足を踏み入れて、すぐにその思惑が外れていたことがわかった。小ぎれいなスタジオふうのキッチンには小ぎれいな女の子たちがずらりと並んでいた。そうか、と私はここまで来て初めて気づいたのだ。平日の午後一に料理教室に来る人って、どんな人だ。

能ある鷹《たか》は爪を隠すというから、ここにいる女の子たちもその鋭い爪を隠しているのかもしれない。実習の間はきゃあきゃあかわいらしいのだけれど、きれいなエプロンを汚したくなくて、ケアされたマニキュアの爪も傷めたくなくて、水仕事や洗いものは極力避けたい様子だった。そういう女の子たちばかりが集まっているわけではないのかもしれない。たまたまそういう子たちのグループに配置されてしまっただけということもある。そう考えて、気にしないことにした。そうでもなければ、痛かった。ほんの少し前までの、結婚を目前に控えて浮かれていた自分の姿が嫌でも思い起こされた。私もきっとこんなふうだった。

つくられる料理がこの場所を雄弁に物語っていた。高級な瓶詰めや冷凍ものを上手に使ってお洒落《しゃれ》なひと皿ができあがる。見せるための、感嘆されるためのひと皿。それはいっそ小気味よいほどの技なのだけれど、こんな瓶詰め、どこで買えばいいんだ。いったいいくらするんだ。

にぎやかに進められる教室の間、私はどんどん無口になり、洗いものばかりしていた。水仕事が得意なわけでもやりたいわけでもない。誰かがやらなければならないのだからと引き受けた。しかし、いったん引き受けたらずっとその係だ。切ったり炒《いた》めたり飾ったりする係は一度も回ってこず、そのたびに出る洗いものを私はずっと洗い続けることになった。誰かが、次は代わるわ、と言ってくれるのをひそかに待っていたのに、そんな人はついに現れなかった。

無口なまま教室を出、ちょうど時間の合った映画を観ることにした。すごく観たかったわけでもないのだけれど、リストの項目が頭に浮かんだ。

・名画を観まくる。

そう書いたのだ。評判になっていた映画だった。今これを観ないようなら、この先も観まくることはないだろう。自分で自分のお尻をたたいた。料理教室に行き、映画を観る。少しずつ、私は前進している、はずだ。

だけど、チケットを買ってエレベーターに乗った瞬間に、もう疲れていた。前進した実感なんかぜんぜん持てなかった。後ろの隅っこのほうに席を取り、ひとりで深くシートに身を沈め、スクリーンを見つめながら、何やってんのかなあ、と思ってしまった。映画祭で賞を取った華やかな映画が私の目の前を素通りしていった。

映画館を出ると雨が降っていた。傘がない。酸性雨に打たれて電車で帰った。

リストを消せた充実感はなかった。そりゃあそうだよなあ。鼻歌なんか歌いながら思いつきで書いたリストの項目を消化してすぐに効果が出るわけもない。

シャワーを浴びながら考える。

——効果？　何の効果だろう。リストの項目を遂行することでその間の時間を充実させればそれでいいつもりだった。その上に何かさらなる特典を得ようなんて、そんな効果を期待していたなんて、それはやっぱり欲張りってもんだ。

そもそも虫のいい話だったんじゃないか。何もなかった私に、詰めものをしてくれる何か。そんなもの、期待するほうが間違っている。新しい何かが詰まってがらりと変わってしまったら、今までの私は何だったんだ。何もないのが私だったんじゃないのか。

シャワーを止め、浴室を出る。濡《ぬ》れた髪を拭きながら、ああ、ひとりだ、と思う。こんなふうに考え事をしつつバスタオル一枚で部屋を歩きまわっても、誰にも何も言われない。考えるのはとりあえず後にして、何かおいしいものをつくって食べよう。キャミソールと短パンでキッチンに立つ。雨に濡れながら帰る途中で買ったキャベツをざくざくと大まかに切って、半分に割った玉葱《たまねぎ》と一緒にル・クルーゼに入れる。ローリエを一枚と岩塩を振り、冷蔵庫に二枚だけ残っていたベーコンも入れ、キャベツの肩くらいまで水を足す。あとは火にかけて、とろとろに煮えるのを待てばいい。失敗のないキャベツの煮込みだ。コンソメキューブを入れてもトマトを足してもおいしい。

しかし、暑い。シャワーを浴びたところなのにもう汗をかいている。この暑いのに煮込みだもの。ほら暑いときこそ熱いものを汗かいて食べろって言うからね。聞いてくれる相手もいないのにひとりで言い訳をしている。

沸騰した鍋の火を弱め、椅子にすわってひと息ついたら、さっき「とりあえず」置いておいた問題を掌《てのひら》に戻さなくてはならない。リストの検証だ。新しく書き加え、そのうちのふたつを消化した今日、ほんとうに収穫はあったんだろうか。

どんなものでも見学や体験くらいでほんとうのよさが見えたりはしないだろう。表面を齧《かじ》っただけじゃわからない。何事にも深さがあって、奥へ進めば進むほど味の出てくるものだという気がする。

ただ、よくはわからないけど今日の料理教室は失敗だった。少なくとも、私の求めていた教室ではない。私は、誰かに出して感心させる料理をつくりたいんじゃない。見栄《みえ》を張るのはもうたくさんだ。

じゃあ、どういう料理をつくりたいのか。私を支える毎日の料理。それがどういうものなのか、私自身にもまだわからない。今はとりあえず、おいしいものをつくりたい。駅からの商店街でいつでも買うことのできる材料で、できれば毎日つくるのが嫌にならないくらい手軽に、という条件付きで。


「あすわー、いるー？」

ドアの向こうから声がしたのは、キャベツがすっかり煮えて鍋からいい香りが立ちのぼる頃だった。

ロッカさんだ。いつもなら、外廊下を歩く足音で気がつくのに、今日はわからなかった。

ドアを開けると、足音どころか、外見でもわからなかった。

ぎょっとしたのを隠して、どうしたの、とおそるおそる聞くのが精いっぱいだった。

「何がよ」

「その恰好。仮装パーティーでもあるの」

尋ねると、ものすごい厚化粧のロッカさんらしき人が本気でムッとした顔になった。

「失礼な。これからコンサートなんだから。これくらいドレスアップして拝聴するのが礼儀ってもんよ」

「何のコンサート」

その質問を待ってましたとばかりに彼女は妖艶に微笑んだ、つもりらしい。真っ赤な口紅が口角からはみだしているのが気になってしまった。

「ジュリーよ」

ジュリーって誰だ。いい女っぽく微笑んだロッカさんは玄関に立ったまま私の背後に視線を移し、一瞬にして素の表情に戻った。

「あのジャンプ、今週号じゃん。あすわ、買ったの？」

「お兄ちゃんが買ったんだよ」

先週号を読んだらどうしても続きが読みたくなってしまったそうだ。読み終わったらあっさりくれた。べつに欲しくもなかったんだけれども。

「それになんかいい匂いがする」

ロッカさんは鼻をくんくん言わせ、それでも名残惜しそうにつぶやいた。

「もう行かなきゃ間に合わない……」

「え、待って、ロッカさん何しにきたの」

大きく背中の開いたドレスの後ろ姿に声をかけると、くるっと振り向いて、

「この艶姿《あですがた》を見せによ、じゃあね」

小さく手を挙げた。私も手を挙げながら、お化粧ってすればいいってもんじゃないんだな、と思っていた。あれじゃ、しないほうがよっぽどましだ。

ロッカさんが去った玄関に立ち、ドアを閉める。カンカンカン、と外階段を下りるロッカさんのヒールの音がしばらく聞こえていた。


さて、炊きあがったばかりのごはんとキャベツの煮込み。それだけの夕食だ。でも、ひとくち食べて、しみじみとわかったことがある。私のつくるリストなんてあてにならない。ひと皿のキャベツの煮込みにも敵《かな》わない。毎日のごはんがあなたを助ける。たったそれだけの母の言葉が身に沁《し》みる。私は黙々とキャベツの煮込みを食べ続けた。


部屋の電話が鳴っていた。実家、と小さなディスプレイに出ていたが、取ると兄だった。

「おう」

自分がかけてきたくせに、おう、と言ったきりだ。

「何よ、どうかしたの」

「こっちはさっき夕立があったんだけど、その辺はどうだったよ」

「その辺って、やだなお兄ちゃん、そんな遠くないって、ここ」

わざと楽しそうな声を出してみせる。あんな兄でも妹が帰ってしまえばさびしいみたいだ。

「じゃあ、雨、降ってたか」

「うんうん、すごい降りだったよこっちも。うちの前の道路、冠水しそうだったもん」

そういえば、あんなヒールを履いて、ロッカさんは無事にコンサート会場までたどりつけただろうか。

「どうしたのよお兄ちゃんらしくもない」

「……おまえ、何か思い出さない？」

「へ？」

「へ、じゃねえよ、干しっぱなしだったろ、蒲団だよ蒲団」

「……あーっ」

「おまけにベランダの窓も開けっぱなしだったから雨が吹き込んで大変なことになってたぞ」

「ご、ごめん……」

「あんな書き置きだけで帰って蒲団駄目にして畳駄目にして、まったくおまえってやつはさ」

そのとき、どこからか歌声が聞こえてきた。大声ではないけれど、はっきりと聞き取れる節回し。楽しそうに、うれしそうに、近づいてくる。

「何？　その歌」

私が聞くと、兄は口を噤《つぐ》んだ。そうして、

「沢田研二だろ」

と言った。

「なんていう歌だっけ、お母さんが好きな歌だよね」

言ってから、気づいた。電話の中から聞こえてくるんじゃない。こっちだ。歌声はどんどん近づいてきて、部屋の前でぴたりと止まった。ああ、ジュリーって沢田研二のことだったのか。

「ごめん、お兄ちゃん、ロッカさんが来たみたい」

受話器を置くのと同時に、部屋のドアがノックされた。さすがに夜だから、いつもの、あすわー、いるー？は控えたのだろう。

ドアを開けると、上機嫌のロッカさんが立っていた。

「すごいじゃん、自動ドアみたい」

声は明るかったのに、入ってくるなり玄関先にすわり込んでしまった。お化粧はすっかり剝げていた。めずらしくヒールのある靴なんかを履くから足が痛くなってしまったのかもしれない。

「酔ってるの？」

「はい、酔ってますよ。ジュリーのお姿とお声に」

「ほらほら入って。お茶淹《い》れるよ」

ロッカさんはヒールを脱いでよろよろと上がってきた。

「ごめん、お茶じゃなくてごはんにして」

「食べてないの？」

「開演前にそわそわしてて食べそびれちゃったんだよ。ここへ来れば何かおいしいものがあるってわかってたし」

にくいなあ、ロッカさん。どういえば私がよろこぶか、気持ちよくごはんがサーブされるかわかっている。ここへ来れば何かおいしいものがある。にこにこにこ。ここへ来れば何かおいしいものがある。にこにこにこにこ。私がにこにこしている間にロッカさんは三杯もおかわりしてごはんを終えた。

食後に私が淹れた焙《ほう》じ茶《ちゃ》を飲みながら、めざとく座卓の上のリストを見つけたらしい。

「増えてるね」

と言う。増えた部分は弾みだ。ちょっと隠しておきたいところだ。

「あんたトランペットなんて吹けたっけ」

黙って頭を振った。

「あすわは見どころあるよ。だって、リストつくるときに、最初から書き方知ってたもん」

「書けって言われたから書いただけだよ。書き方なんて知らなかった」

「でもさ、やりたいことリストって言うと普通はみんな、きれいになりたいとか旅行に行きたいとか書くんだよ」

私も書いた。きれいになりたいとか旅行に行きたいとか。

「でも、あすわは違った。はっきり断定形で、きれいになる。旅行に行く。鍋を買う。そういうふうに書くのが実現する秘訣《ひけつ》なのよ」

実現はしていない。鍋は買ったけれど、きれいにもなっていないし、旅行にも行っていない。

「だいじょうぶ、きっとうまくいく」

そう言うとロッカさんは湯呑《ゆの》みを座卓に置き、畳にごろんと転がって、気持ちよさそうにジュリーの歌を歌いはじめた。

9　不可能リスト

朝から雨が降っていた。止《や》んだかと思うとまた突然激しくなって、今はアパートの屋根を獣が駆けまわるような音がしている。空が暗くて、急に夏の終わりが来たみたいだ。窓を閉めたまま土砂降りの通りを眺めているうちに、ひとつ、発見した。

今まで雨は嫌いだと思っていたけれど、そうじゃなかった。雨が嫌なんじゃなくて、雨の中を靴や服をびしょびしょにして通勤するのが嫌なだけだ。混んだ電車に持ち込まれる濡《ぬ》れた傘と、むっとするにおいと、伸ばした前髪の癖が出てしまう湿気が嫌なだけだ。こうして自分の部屋にいられるのなら、雨はぜんぜん嫌いじゃない。

この歳《とし》になって嫌いなものがひとつ減るなんて、ちょっといい。期待していなかっただけにうれしい。雨が嫌いなんじゃなくて、靴が濡れるのが嫌いで、満員電車が嫌いで、会社に行くのが嫌いだったんだ。あ、嫌いなもの、増えてるし。

なんだか得をした気分だった。雨は口実だったとわかっただけでも、会社を休んでよかった。……ヒマだけど。やることはあるようで、ないようで、くつくつ煮える鍋の中を覗いたり、窓から外を眺めたり。結局朝からぼーっとしている。やりたいこと、ないかなあ。今すぐ動き出したくなるような、私にとっての豆。早く土に蒔いて、水をやりたい。

ふと、就職活動のときの履歴書を思い出してしまった。趣味・特技欄に書くことが浮かばなくて何日も唸《うな》った。唸る場所はそこではないだろうと自分でも思ったのだけど、志望動機のほうはわりあいすらすら書けたのだ。

あの頃から私には特筆すべきことなんかなかった。資格を取っておけばよかったかとちらっと考えたけれど、そんなのは無理だという結論もほぼ同時に出ていた。小さい頃からピアノもスイミングも習字も、習わせてもらったのだ。一時はバドミントンクラブにも入っていた。それがどれひとつ身につかなかった。何かに興味を集中することも、特化することもできないんじゃないか。

「いやいや」

声に出して否定する。ついでに首も大きく左右に振った。今までがそうだっただけで、これからもそうだとは限らない。

「これからのあたしは新しく書き込んでいくんだよね」

ひとりの部屋に消えていく自分の声がちょっとむなしい。今の私にいったい何を書き込んでいけばいいんだろう。

テーブルの上に置きっぱなしになっているリストを横目で見る。この二、三日、リストに書き込んでは消していく作業に没頭していた。

・名画を観《み》まくる。

この間、料理教室の帰りに一本観て、ちょっと挫折したところだ。

「ちょっと挫折って、どんな挫折」

いけない。やっぱり独り言が増えている。ともかく、こんなんじゃ「観まくる」からは程遠い。

・一週間に一冊は本（名作）を読む。

私を「名」で満たしたい。何もない私に付け加えていくものは、厳選したものに限りたい。

しかし、名作というのはどうも退屈だったり長かったりするものらしい。その上、たまたま挑んだ名作は登場人物の名前がややこしくて覚えられなかった。共感も感動もしようがない。私ってほんとにばかだったんじゃないかと思えてきて本を閉じてしまった。

そのとき、外廊下のほうから聞き慣れた音がした。音というよりリズムか。雨音に混じって、独特のリズムが近づいてくる。いつもとは少し違うけれど、間違いない、あれはロッカさんだ。きっと長靴でも履いているのだ。

「あすわー、いるー？」

るーの音が消えないうちにドアを開けた。

「なんかこの頃ドアが開くまでの時間が短くなってきたような気がする。息が合ってきたね」

「ああ、そうね、息ね。合ってきたかもね」

気のない返事になった。私はロッカさんの足もとに目を奪われていた。

「実はさびしくていつも玄関で待機してるとか」

かなり無礼なことをつぶやいてロッカさんは狭い三和土《たたき》で靴を脱いだ。長靴だ。本物の黒いゴム長を履いていた。

「女物でもほんとうにこんな長靴があるんだねえ」

つやつやした黒い胴体を感心して眺める。その間にロッカさんはキッチンのほうへ行き、黄色いル・クルーゼの蓋を取って中を覗いた。

「うわ、豪勢だねえ」

「ってロッカさん、今日はロッカさんもズル休み？」

「え、あんたズル休みだったの？」

ル・クルーゼの蓋を閉め、今度はキッチンの作業台に載っていた料理本をぱらぱらとめくっている。

「どうしたの、何しにきたの」

私が聞くと、料理本から手を離し、大げさにため息をついてみせた。

「用がなきゃ来ちゃいけないの？」

「だって会社休んでまでわざわざ来るようなところじゃないでしょ。なんか用事があったのかと思って」

「あすわ、あんたほんとにちょっと熱中症から立ち直れてないんじゃないの。今日、土曜だよ」

土曜日？　月曜に実家に帰って、火曜に京が来て、水曜にこっちに戻ってきた。料理教室に行って、映画を観て、木曜に本屋へ行ったんだっけ。金曜は本を読んだり料理をつくったりして過ごした。

「ほんとだ、今日、土曜日だったんだ」

「だから土曜だって言ってるじゃない。さてはあんた、あたしのこと信用してないね」

そう言いながらさっさとテーブルの椅子を引いてすわっている。

「お昼にしよう、あすわ」

うん、と答えながら、お昼を食べに来たのか、と納得していた。

「なんで昼間っからこんなごちそうつくってんの。しかも、夏だってのに」

オックステールスープ。本と首っ引きでつくった。むずかしい料理じゃない。でも、ゆでこぼしにもアク取りにも手間をかけた。飲んだことがないから出来上がりがわからなくてどきどきした。失敗したら二度とつくりたくなくなるだろうと思うと尚更《なおさら》どきどきした。

•料理本の最初から最後までぜんぶつくってみる。

リストにそんな項目を書いてしまった。料理教室は懲りた。教室に行かずに料理をマスターしたかった。思いついたときは、なんていいアイデアだろうとうれしかったのに、一冊丸ごと全部つくってみるというのはかなり根気のいる試みだ。六品目で早くも疲れてしまっている。

「オックステールなんてよく手に入ったねえ」

昨日、商店街の肉屋で奮発した。時間もお金もかかった。こんなふうに、ただなんでもない土曜のお昼に叔母とふたりで食べることになると、どうもいろんなものを浪費しているような気がしてならない。

「一昨日《おととい》のうちに頼んでおいたんだ。普段から置いてある肉屋じゃないし」

「あっ、駅に近いほうのでしょう、あそこ感じ悪いよね。品揃《しなぞろ》えも今ひとつだし。通りを一本入ったところの肉屋、ほら、本屋の裏の、あそこは小さいけどいい店だね」

「そう？」

「うん。百グラム百八十四円の豚モモ薄切りでばっちりやわらかくてコクがある。ときどきコロッケをおまけしてくれるし」

そう言って、ロッカさんはにこにこと顔の前で手を合わせた。

「いただきます」

しあわせそうな顔だなあと思う。しばし見とれた。おいしそうなものを前にしたときの人の顔っていい。その顔が、ぱっと変わった。

「あすわっ」

「どうしたの、何か入ってた？」

「これ、すっごくおいしい！」

「あ、ああ、そう。ありがとう」

ううん、とロッカさんは首を振った。

「ありがとうはこっちよ。あすわ、ほんとによく覚えててくれたね、誕生日」

「た……？」

誰の、とは聞かなかった。ロッカさんの誕生日、今日だったのか。今日が土曜だということも忘れていた私がロッカさんの誕生日を覚えているはずがない。そもそも誕生日がいつなのか、知らなかった。いくつになったのかも、はっきりとは知らない。

「ああ、こういうとき、ワインがあったらいいのにねえ。このスープには赤ワインがきっとすごく合うよ」

ロッカさんはうっとりと目を細めた。

「ワインなんて、ロッカさん飲んだっけ」

「あらあたしはおいしいものならなんでも好きなのよ」

誇らしげに言う。

「今から電話して見繕ってもらおうか、オックステールに合うワイン。ついでに届けてもらえるともっといいんだけど」

誰に、と今度は気軽に聞いた。ロッカさんの知り合いにワインに詳しい人がいるらしい。あるいは酒屋さんか。その影響で突然ワインなんて言い出したんだろう。笑いながら眉を顰《ひそ》めたキリンみたいな間抜けな顔でロッカさんが私の顔を見ている。

「誰にって、安彦に決まってるじゃない」

どうして、とまたもや気軽に私は聞いたのだ。

「どうしてお兄ちゃんに聞くの」

そんなことお兄ちゃんに聞いたって答えられるわけがない。

「だって安彦、ソムリエを目指してるんでしょ」

「ぼふひえ？」

ロッカさんが今度はほんとうに眉を顰めた。

「きたないなあ、あすわ。今お肉が飛んだよ」

テーブルをティッシュで拭《ぬぐ》って、それからもう一度、聞き直す。

「ソムリエ？ってワインを選んだりするあのソムリエ？」

ふはは。私は声を上げて笑った。

「それ、ぜったいにロッカさんの勘違い。お兄ちゃんがソムリエだなんてありえないから」

「まあねえ」

ロッカさんは二度ほどうなずいて、おかわり、とお皿を差し出した。

「あたしも最初は笑ったのよ。あんたにワインなんて似合わないって。でもなんだか案外まっとうな志望動機を述べてたな」

志望動機くらい、たやすいのだ。夢を見ていればいいのだから。趣味や特技のほうがよほどむずかしい。一気にわが身の貧しさを突きつけられることになる。

「でもさあ、こないだ帰ったときもお兄ちゃん普通にビール飲んでたよ、ワインなんて出てこなかった。あ、おかわりなら自分でよそって」

「まだ資格を取ったわけじゃないからおおっぴらにしたくないんでしょ。あたしだってジャンプ借りようと思って安彦の部屋に入って、問題集見つけて初めて知ったんだもん。特に妹になんか照れくさくって言えないやね」

スープのおいしそうなところを選《よ》って山盛りに盛ってきたロッカさんが向かいの席に戻る。

「……嫌だなあ」

「ふん？」

「なんで、みんながんばるの」

会社でがんばって、家でがんばって。京が、郁ちゃんが、それからたとえば桜井恵が。みんなそれぞれの場所でがんばっていた。母はイタリア語を勉強している。ここで兄にまでがんばられちゃうのは、なんだか嫌だ。兄がうだうだしていてくれるから、ほっとしていられたようなところもあったのだと今になって思う。

「なんか、すごく焦るよ」

私はスプーンを置き、早口になった。

「私だけ一歩も動けないで、どんどん取り残されて。もう、人より十年くらい遅れてるような感じがする」

「うん」

ロッカさんは二杯目のスープを平らげると、

「二十代はみんな焦るよ」

なんでもないことのように言った。

「焦らなかったら嘘《うそ》、ってくらい焦るよ」

つまり、自分に趣味も特技もやりたいことも何もないと気づいてしまった私でなくても、妙齢に二年間つきあった相手に婚約破棄された私でなくても、焦るということか。

「ロッカさんも焦るの？」

「え、あたし？　ううん、そうだねえ、三十になってしばらくすると不思議と楽になるんだよねえ——あ、もう一回おかわり、いい？」

無言でうなずく。二十代に焦ってもがいて何かを得たら三十代で楽になれるのか。楽になっちゃっていいのか。鍋の前に立つ叔母の背中を眺めてみる。この人はきっと二十代でも三十代でも焦っていない。

テーブルへ戻ると早速お肉の塊を口に入れて、にっこり笑っている。おいしい、という顔。ああ、ロッカさんがいてくれて、よかった。

「なによ」

「いや、ロッカさんは焦ってないよなあと思って。がんばってないオーラがたらたら垂れ流されてる」

そうは聞こえないかもしれないけれど、ほめ言葉のつもりだ。少なくとも、今の私には精いっぱいの。

「がんばれなくても、ええんちゃう？」

スープを口に運ぶ合間にロッカさんが言った。へたくそな関西弁だった。ちょっとシナまでつくっている。

「なにそれ」

「ジュリーの真似《まね》」

「えっ、ジュリーって、関西弁なの？　そんなくねくねしてるの？」

「もっとかっこいいけどさ、本物はもちろん。まあでも、がんばれるときに、がんばれる人が、がんばればいいんだと思うよ」

がんばれなくても、ええんちゃう？　がんばれなくても。もしかすると、いいのかな。

今はもう少しもがいていても、自分の道を見つけられなくても。

からまって、こんがらがって、がんじがらめになっていた私を縛る糸がゆるゆるとほどけていく感触がある。肩をまわす。腕をまわす。楽になっている。よく見れば糸の端っこを握りしめていたのは私の手だ。私自身が私を縛っていた。

がんばっている人に対して、なんだか後ろめたい気持ちになったのはなぜだったのか。がんばれない自分が恥ずかしいのと、それにたぶん、がんばっている人への妬みもあった。

がんばっている人のことは素直に感嘆していよう。自分ががんばれなくても開き直らず、卑下もせず、いちばん後ろからゆうゆうと歩いていこう。

京にも、郁ちゃんにも、桜井さんにも、もちろん兄にも、対抗しなくていい。対抗しようとしなくていいんだと思う。別の土俵でがんばろうにも、私にはその土俵もない。

そういうことを隠したり取り繕ったりしようとするから無闇に焦るのかもしれない。

「がんばれなくても、ええんちゃう?」

「やめて。そんなのぜんぜんジュリーじゃない」

だって本物のジュリー知らないもん。スプーンを右目に当てて不敵な感じで笑ってみせる。ロッカさんを通して知るジュリーは、かなり怪しげな人物だ。


ロッカさんと並んでお皿を片づける。ええー、お腹《なか》いっぱいで動けないー、とごねたのを後ろから抱えるようにして椅子から立たせた。私が洗ってロッカさんが拭く係だ。茶色い金ラックのスポンジに手を伸ばしたとき、ころころと転がったものがあった。時豆がシンクで縮こまっている。昨日、ポークビーンズをつくったときに一粒落ちてラックに挟まっていたのだろう。料理本には水煮缶でもいいと書いてあったので横着して水煮缶の豆を使った。とろけるようにおいしいはずのポークビーンズが期待したほどでなかったのは、そのせいだろう。乾燥した豆を戻して茹《ゆ》でるのとでは味がまったく別物になる。そうだよね、郁ちゃん。

「……ちょっとお金があるんだけどさ」

「え、何、聞こえない」

「いや、ちょっとお金が……あるとしたらさ」

「だから聞こえないよ、水止めて」

「水止めちゃったら洗えないじゃない」

それに、よく聞こえるようになってしまう。

「使っちゃおうって気負ってたけど、それもういいか」

「いくらよ」

「聞こえてるんじゃない」

二百万だ。何年もかかって貯《た》めてきたお金だ。大事なお金のはずだった。けど、大事だからこそ、疑問が生まれた。お金って人柄が出るんじゃないか。豆を売って、たとえば百円儲けたとする。その百円は、郁《もう》ちゃんの懐に入っていつか板チョコに姿を変えるとしても。


郁ちゃんが豆を売って一袋あたりいくらの利益が出るのか。


「違うよね」

「何が」

怪訝《けげん》そうにこちらを見たロッカさんにかまわず、頭に浮かんでいるもやもやした考えを言葉に置き換えてみる。

「うん、違うよ。板チョコを一枚食べるだけの価値しかないかと言えばそうではなくて」

「何をわけのわからないこと言ってるのかな」

ロッカさんが最後にお玉を拭き上げて、布巾を戻す。

「さ、お茶でも飲も」

「……豆を売って利益を得るのは郁ちゃんだけじゃないんだ。豆を買った人にも利益を与えることになるんだな。よろこびとか楽しみとかおいしさとか。考えたこともなかったようなことを考えるきっかけになったり」

うまく言えない。自分がどこに引っかかったのか、何を考えたいのか、はっきりつかめていない。

ロッカさんはコップに麦茶を注ぎ、テーブルに置いた。それから何気なさそうに、脇の棚の本や雑誌を眺めたりしている。ポーズだ。だんだん私にも見えるようになってきた。ロッカさんは人の話を真剣に聞くのが照れくさい。それで、特に関心はないようなポーズを取ってみせる。今だってほんとうは椅子にすわって私の話の続きを待つ態勢らしい。

「たとえば豆を買った人が、袋に封入されてるレシピを見て豆と野菜とスパイスだけでおいしい料理をつくったとしたら、肉食過多による世界的な食糧危機にも貢献するんだ」

「それ、なんか受け売りっぽい」

即座につっこまれる。ほら、やっぱりしっかり聞いている。

「うん、単語は楽天堂のチラシからの引用。お金の価値ってひととおりじゃないんだね。いろんな方向へ影響する利益って、たとえば百円っていう数字だけじゃ計れないんじゃないかな」

ロッカさんの様子を盗み見る。視線は雑誌に落としているものの、微動だにしていない。

「そういうこと考えてるうちに、お金を使うのにも責任があるんじゃないかって思えてきたんだ。私が何かを買うことで、誰かをちょびっと支えることもできるんだ」

へえ、とロッカさんが雑誌から目を上げた。

「お金ついでに言えば、銀行にお金を預けておくと勝手に投資されちゃうって知ってた？」

「そうなの？　あ、そうか、そうやって銀行は儲けるんだね」

「預金が企業に流されてるってことは、つまりはあたしたちのお金でいつのまにかとんでもないものを支援してるかもしれないんだよ。それって嫌じゃない？」

へえ、と今度は私が驚く番だった。ロッカさんがそんなことを考えていたなんて。

「ロッカさん、もしかして、がんばってるんじゃないよね」

「うん、あたしはがんばらないタイプ。がんばらなくても何でもできるタイプ」

「はいはい」

さっき食器棚の引き出しにしまったばかりのリストを取り出す。

「おお、ドリフターズ・リスト」

ロッカさんが覗き込む前で、新しい項目を付け加える。
・経済の勉強をする。
経済だなんて大仰で似合わなくて、書いていて自分でもおかしい。これまでまったく縁のない話だと思い込んでいた。でも、べつにこれからマルクスを読もうというんじゃない。ただもどかしいのだ。何も考えずにお金を使ったり預けたりしてきたのは、無頓着すぎたんじゃないか。

お金の使い方って、つまりはその人を表すことになるみたいだ。何にどれだけお金を使うかにその人の人生が現れるような気がしたのだ。郁ちゃんが豆を売って得るお金と、私の銀行預金。それらを経済と呼んでいいのかどうかわからないにしても。

「あー、あすわがチョコの話なんかするから、おいしいチョコが無性に食べたくなってきたよ」

チョコの話だったっけ。立ち上がったロッカさんは、帰るつもりらしい。

「もう少しいれば？　何もこんなに雨のひどいときに帰らなくても」

長靴に足を差し入れようとしているロッカさんの嬉々《きき》とした様子を見て、理解した。

この人は雨が嫌いではない、のではない。好きなんだ。

「あ、そうだ、あすわ」

玄関のロックを外してから振り返る。

「カラマーゾフは最初の四十ページを飛ばすんだよ。そうしたら急激に面白くなるから」

テーブルの脇の棚の上に文庫本が出しっぱなしだったことを思い出した。千ページ以上もある本の、最初の三十ページで進まなくなってしまったのがなぜばれたんだろう。

「あのさ」

ドアを押して出ていきながらロッカさんが言った。

「がんばらなくてもいいんだけども」

「うん」

「あんたは自分で思うよりがんばってるよ」

「そうかな?」

「……たぶん」

どうせなら断言してよ、と思ったときにはもうドアは閉まっていた。

雨ってぜんぜん悪くない。濡れてもいいやと思って歩けば傘も回るし、足取りも弾む。

＊

重厚なオークの扉を開けて入ると、桜井恵が待っていた。

「きっとまた来てくれると思ってたわ」

黒いスーツを優雅に着こなして、見とれるほど美しい。太刀打ちしなくていいんだとわかったからまたここへ来たのに、この笑顔を目の当たりにすると妙に胸がざわついてしまう。

「ちょうどキャンセルがあって、ぽっかり時間が空いたところだったの」

応接室へ通され、ゆったりしたソファを勧められる。乳白色のポットからガーネットのようなお茶が注がれた。

「電話ではまたリンパドレナージュを、とのことだったけど――」

自らのカップにも注ぎ分けながら彼女はやさしい声で言った。

「無理しなくていいのよ」

「無理なんかじゃないです」

お金のことを心配してくれているんだろうか。たしかにここはよく見かけるチェーン店とは違う。明らかに高級だし、料金設定も高めだ。それとも、私がここへ来ることのそぐわなさに気を遣ってくれているのだろうか。もしもお金があったとしても、あなたはここへ来るような人かしら、と。

私にも、わからない。きれいになるために人の手を借りてリンパ液だとかいうよくわからないものを流す。お金の使い方でその人の人となりがわかるとしたら、私はいったいどういう人なんだろう。

「よく降るわね」

彼女は窓のほうへ目を遣《や》った。この前ここに来たときは、大きな窓からよく手入れされた木々の緑が見えていた。今日は雨に煙って濃い灰色に見える。

「雨っていいですね」

私が言うと、彼女はちょっと目を細め、

「あすわさんらしいわ」

とうなずいた。

「赤い傘差して、赤い長靴履いて、水たまりをわざと踏んだりしながら楽しそうに歩いていくイメージがあるわね、あすわさんて」

ジュリーの歌かなんか口ずさみながら、だろうか。そんなに幼くも、明るい能天気でもない。

「私は雨は嫌いよ」

桜井さんはそう続けた。まるで、大人になったら誰でも雨を嫌いになると言わんばかりの口調だった。

「雨のどこが嫌いなんですか」

ちょっと声が低くなったかもしれない。怒っているみたいな声になった。べつに雨の肩を持つつもりはない。でも、嫌いなのは雨じゃないんじゃないか。私だって今朝気がついたばかりだけれど。

「そうね、雨が嫌いなんじゃないかもしれない」

彼女は紅茶のカップを静かに置いた。

「雨の日はキャンセルが多いの。ここはしょせんその程度なのね。土砂降りを押してまで来ようなんて思ってくれる人は顧客の中のほんのひと握り」

雨を嫌うにもいろんな理由があるのだなあ。

「こんな日にわざわざ来てくれてうれしいわ。さあ、始めましょうか」

はい、と答えてカップを置く。

ほんとうは、決着をつけに来た。というのは大げさだけど、あのまま、気圧《けお》されたままじゃだめだと思ったから。私はちゃんと、この人の美しさに感嘆したという事実を認めたかったし、できることならそれを本人にも伝えたかった。太刀打ちしようなんて思わなくていいのだから。

でも、そんな余裕はすぐになくなった。施術が始まってしまうと、やっぱりマッサージは悲鳴が出るほど痛くて、言葉も意気込みも何もかもどこかへ飛んでいってしまった。

施術後に冷たいジュースを出され、それをごくごく飲んでやっと人心地ついた気分だった。

「その後、いかが？　熱中症で倒れたって聞いたけど」

「もうだいじょうぶです。ゆっくり休んだし、いろいろ考えることもできたし」

桜井さんはほのかに微笑んだ。

「でしょう。マッサージをしたらわかったわ。あなたの身体《からだ》、この前よりもずっとやわらかくなってるもの」

右手に持っていたグラスを、音も立てずにテーブルに戻す。

「それで、少しは自分のことがかわいく思えた？」

「か、かわいくって」

「この前来たときのあなた、劣等感の塊になってたわ。その塊がずいぶんほぐれて、いい感じになってきてる。あとは自分のことをかわいく思ってあげられれば」

「自分がかわいいって思ってたら……だめなんじゃないでしょうか」

「あら、だってまず自分のことをかわいく、いとしく思えなかったら、まわりの人をいとしく感じることもできないんじゃないかしら。まずはあなたがいちばんにあなたのことを信じてあげるのよ」

信じられるような、いとしく思えるような、私だろうか。やっと、がんばれなくてもええんちゃうかと思えたところだ。

・自分をかわいく思う。

今ここでリストを取り出して書き加えてしまいたい。「やりたいことをやる」の項目か、「きれいになる」の項目か。よく考えてみれば、「きれいになる」も「やりたいこと」の亜種かもしれない。

自分をかわいく思う、自分をかわいく思う、とつぶやいたら桜井さんが白い歯を見せて笑った。

「あすわさんて、雨の日に外へにこにこ散歩に出かける子供みたいにかわいいと思うわ」

「自分をかわいく思うことが、きれいになるための第一歩なんですね」

「そうね、かわいいお腹、かわいいお尻、って唱えながら丁寧に磨いてあげればきれいになると思うわ」

「じゃあ、リストに載せます」

「リスト？」

ドリフターズ・リストをどう説明すればいいだろう。

「今、リストに凝ってるんです」

そう答えたら、彼女は何かを察したようだ。思いがけずきっぱりと言った。

「やめたほうがいいわよ」

「え」

「リストなんてやめたほうがいい。リストって反面教師なのよ。たとえば、克己って書く人は、自分を克服していない人。今日やれることを明日に延ばすな、って書く人はいつも明日に延ばしちゃう人でしょう。自分の気になっていること、自分にはできないことを挙げるのね。つまり、不可能リストなの。そのリストに書かれているのはすべてあなたの弱点だってこと。ほんとうに大事なこと、どうしても守りたいものは口に出したり紙に書いたりしないほうが賢明なんじゃないかしら」

不可能リスト。——静かな雨が、窓の外の景色をねずみ色に変えていた。

＊

ぴーっと鉛筆で線を引く。まずは、お神輿。

最初からリストにあったのに、ついに日の目を見なかった。そうだよね、見ないよね。ひとりでお神輿なんて。お祭りの熱気と喧噪《けんそう》にあてられて、逆にひとりが身に沁《し》みるのは目に見えている。

玉の輿。また、びーっと線を引く。よく考えればわかりそうなものだ。玉の輿なんて乗るだけじゃだめなのだ。もしも、今その辺を通りかかった玉の輿に首尾よく乗っかったとしても、きっとすぐに転がり落ちてしまう。

びーっ。びーっ。線を引くたびにうなだれていく。名画も観ない。本も読めない。そもそも名画を観たかったのか、本を読みたかったのか。そう自分に問えば、答えることができない。

書いたり消したりしていくうちにもしかしたら大事なものが見えてくるかと期待していたけれど、甘かったみたいだ。この分ではすべて消し去ってしまいそうで、鉛筆を握った手を止める。何かが残るかもしれない希望も、何も残らない恐怖には勝てなかった。

――つまり、不可能リストなの。

桜井恵の声がまだ耳の中に居すわっている。違う、と言えなかった。これは私の可能性のリストなのだ。そう反論してもよかったのに。

自信がなかった。溺れる私はリストをつかんで浮かばれたんだろうか。料理本の最初から最後までぜんぶつくってみようとか、河原でトランペットを吹こうとか、おまけに経済の勉強をしようだなんて、はじめから泥船だったんじゃないか。今、曲がりなりにも残っている項目は、半分意地で生かされているようなものだ。誰よりも私自身がいちばんよくわかっている。私の意地なんてそう遠くないうちに折れる。そうしたら、リストもきっとどうでもよくなってしまうだろう。

リストのことを考えていると自分の気持ちがわからなくなる。私にとってリストは大事だという気持ち。だけど、桜井さんに指摘されて簡単に揺さぶられてしまう拠《よりどころ》のなさ。そして、自信のなさ。結局のところ、問題なのはリストではなくて私自身なのだと思う。

とりあえず鉛筆を置いてしまおう。リストはいつでも消せる。何も今慌てて消すことはない。そう自分に言い聞かせて、丁寧に四つ折りにした。それをジーンズのポケットに入れる。ポケットの上から一度ぽんと叩《たた》いて、だいじょうぶ、と言ってみた。リストはここにある。まるで御守りみたいだな、と思ってから何かを思い出しかけ、でもそれが何なのか思い出すことができそうでできぬまま、気がつくと夜も更けていた。

立っていって薬罐《やかん》に水を汲《く》む。麦茶のパックをひとつ入れ、明日のためにお茶を沸かす。ほとんど自動的に手が動いている間、頭の中ではまったく別のことを考えていた。

リストを折りたたもうとした瞬間に目の端に映った「豆」という文字の残像。それがいつまでも消えずに残っている。豆。——結局、手も足も出なかった。私にとっての豆っていったい何なのか、手がかりさえつかめていない。薬罐を凝視したまま考え込みそうになって頭を振る。ポケットを撫《な》でる。折りたたんだじゃない。もうここに入っているじゃない。リストのことはしばらく忘れよう。シャワーを浴びて、早めに寝よう。休暇も明日で終わりだ。週が明ければ、また、会社が始まる。

10　豆とピン

一週間ぶりの——土日も合わせると九日ぶりの——出勤だった。特別に長い休暇を取っていたわけでもないのに、なんだかちょっと緊張している。夏休み明けに登校する中学生の気分だ。微妙に伸びた髪を意味もなく撫《な》でつけ、フロアに足を踏み入れた。

郁ちゃんがうれしそうに衝立《ついたて》の向こうから顔を出して、おはよう、と言う。同僚たちも、お、とか、わ、とか言っている。

「一週間ものんびりされている間、おかげさまでこっちは大忙しでした」

冗談めかして半分以上本気で文句を言っているのは向かいの席の後輩だ。よかった。こんなふうに言えるくらい、私は元気そうなんだ。元気そうなんじゃなくて、ほんとうに元気になったのかもしれない。

などと余裕があったのは朝のうちだけだった。溜《た》まっていた書類をもくもくと片づけながら、十一時過ぎにはもう日常に紛れていた。新鮮な気持ちで仕事に戻ったつもりで、始めてしまえばやっぱりこうだ。慣れ親しんだ仕事って淡々としたものだ。すっかり手《て》懐《なず》け、手懐けられてしまって、刺激からも面白味からも程遠い。

お昼は郁ちゃんと食べに出ることにした。これまでなら、いつも通りみんなで会議室で食べていただろう。休み明けにはお昼ごはんを食べながら休み中の報告をするのがなんとなくのお約束になっている。ちょっと聞きたいことがある、と社内メールを送ったら、じゃあお昼にカトレアどう？　と返ってきて拍子抜けした。金曜を待たずふたりでランチに出る日をつくってもらうつもりだった。そっか。今日でもいいんだ。食べたいときに食べたい人と食べに出る。簡単なことだったんだ。これまでの私は職場で特定の人と親しくなりすぎないよう予防線を張っていた。職場の顔は職場の顔、みんなにそつのない顔をして、親しくならないよう、深入りしないよう、自分で世界を狭めてきた。

だから今頃罰を受けている。入社六年目にして仕事は単調だし、休み明けに郁ちゃんとふたりでランチに出ることさえ、他の同僚の目を気にし、算段している。つまらない会社員だと自分でも思う。でも、ごめん、罰なら今度にして。今は私、忙しいから。

「何か言った？」

ビルを出たところで郁ちゃんに振り向かれて、なんでもないよ、と首を振る。神さまにタメ口はいけないよね。神さま、罰なら今度にしてください。

会社から二ブロック離れた地下の喫茶店カトレアは、ハヤシライスがおいしい。水を運んできた赤毛の女の子に、メニューも見ずに、ふたつ、と指を立てる。

「郁ちゃんは、ピンと来るほう？」

注文を終えたのと同時にそう聞いたら、郁ちゃんは答に詰まったみたいだった。

「それは、第六感があるかってこと？」

聞き返してきた郁ちゃんは水をひとくち飲んで、声をひそめた。

「もしかして、ひと目ぼれの話？」

「違う違う」

慌てて手まで振ってしまったのは、不意に瀬戸口くんという名前を思い出したからだ。私にひと目ぼれしたという奇特な人。名前だけじゃなく顔までもおぼろげに浮かんで見えた。ちょっと頼りなさそうな、素朴な感じの童顔だった。あれ、やだ、どうしたんだろう、私。瀬戸口くんなんて見たこともないのだ。聞き流したつもりで、いつのまに顔まで想像していたんだろう。もしかして、ひと目ぼれされたことがちょっとうれしかったりしたんだろうか。

「そうじゃなくて、豆の話」

言葉にしてみると、いくらなんでも説明が足りないのがわかる。

「ええと、郁ちゃんは豆をひと目見ただけで、これはいいってピンと来たの？」

言い直してみる。豆とかピンとかいう単語が急に別の顔を持ってひとり歩きしはじめるような感じがする。

昔から私は勘が鈍いほうだった。もしも豆が転がっていたとしても、気づかずに踏んで通ってしまうタイプだ。郁ちゃんがどんなふうに豆に気づいたのか、それを聞きたかった。……ピンと来た、と答えられたらお手上げなんだけども。

「だいたい、ピンと来るってどんな感じなのかな」

抽象的な質問にもかかわらず、郁ちゃんはまじめな顔になる。

「うーん、私もピンと来ることなんて滅多にないからなあ」

そう言って小さく笑った。

「っていうのはちょっと嘘《うそ》。ごめん」

ああ、やっぱり。郁ちゃんはちゃんと勘が働くのだ。それならピンと来た道を選んで進んでいける。

「ピンと来たんだね、それで豆のありかを嗅ぎつけたんだね」

「やだなあ、嗅ぎつけたなんて人聞き悪いよ」

郁ちゃんがくんくん鼻を鳴らしてみせるので、ふたりで笑った。

違うのよ、と郁ちゃんはあらたまった声になった。

「嘘なのは、滅多にないってとこ。ピンと来ることなんて、ほんとはほとんどない」

「郁ちゃんでもそうなんだ」

そう答えながら、ほとんどないのと一度もないのとは大きく違う、と思う。一度もないっていうのは見込みがないってことだ。

「私がピンと来たのはね」

郁ちゃんが声をひそめた。

「あすわとは仲よくなれそうだってこと。初めて会った日にピンと来たよ」

ひと呼吸置いて、私はテーブルの上の郁ちゃんの両手を取った。

「うわーん郁ちゃんっていいひとだー」

大げさに泣く真似《まね》をしてぎゅうっと手を握る。郁ちゃんの手は小さくてひんやりしていた。

「でもね、ピンと来る必要なんてないんじゃないかな。そう思いたいよ」

「どうして」

「ピンと来るのは最後の一歩っていうか。準備が整ったところでやってくる天啓みたいなものなんじゃない？　準備のないところに突然天啓は来ないだろうし、来ても受けとめられないし。天啓は来なくても、ひらめきがなくても、じわじわわかっていけばいいんだよ」

なるほどなあと思う。私には思いつかないことだった。ピンと来てくれればわかりやすいけれど、なかなかピンはやってこない。そんなものを待たないで、自分で考えて自分で選んだことをやる。

「なるほどなあ」

ため息とともに口に出すと、

「感心しすぎだよ」

郁ちゃんが笑った。

そのとき、お待たせしました、と頭上から声が降ってきて、テーブルに白いグラタン様《よう》のお皿がふたつ置かれた。焦げたチーズがぐつぐつ音を立てている。

「え、あ、違います。ここ、ハヤシライスふたつ」

見上げて訂正すると、赤毛のウエイトレスは思い切り眉を顰《ひそ》めた。

「ふたつ、って言いましたよね。そんなふうに注文されたらドリアンだと思います普通。うちの店、ドリアンがいち押しなんです」

「うそ、ハヤシライスでしょ」

「ドリアンです」

「ぜったいハヤシライスだって。あたしハヤシライスしか頼んだことないよ」

いいじゃない、と向かいの席から郁ちゃんが仲裁に入る。

「食べてみようよ、あすわ」

無愛想な顔がほっと崩れたら案外幼いみたいだ。ちょこっと頭を下げた赤毛が揺れる。

「ドリアンじゃなくて」

私が続けたので彼女が身構えたのがわかる。まだハヤシライスに固執するのか。いや、実際ハヤシライスが食べたかったのだけど。

「ドリアだよ」

そう告げられた彼女がどんな顔をしたのかは見なかった。顔を上げないままドリアにスプーンを差して口に運んだら、熱かった。

お盆を持ってテーブルを離れた彼女の後ろ姿をそっと確認した郁ちゃんが小さな声で言う。

「あすわって、そういうところ、ほんと親切なんだよね。人の間違いを正すのってすごく勇気がいるじゃない。現に私は気づかないふりをした」

だって、誰かが教えてあげない限り、あの子はきっと一生間違えたままだ。いろんな人に少しずつ間違いを正してもらえる私はラッキーだったけれど、みんなが私みたいに恵まれているとは限らない。譲さんにもほんとは感謝しなくちゃいけないんだと思う。婚約破棄が間違いだったんじゃなく、婚約が間違いだったんだ。この頃はようやくそんなふうにも思えるようになった。

＊

金曜の朝、頼まれた会議用の資料があまりにも多いので、空いている会議室のテーブルを借りてひとりで籠もった。大量のコピーを仕分けし、ホッチキスで留めていると、ドアが開いて山吹さんが顔を覗《のぞ》かせた。

「ここにいたのね」

「あ、はい。なんでしょう」

山吹さんはテーブルいっぱいに広げられたコピーにさっと目を走らせた。

「これだけあるなら誰かに手伝ってもらえばいいじゃない」

資料の作成は手がかかるばかりで、面白い仕事だとは言えない。同僚に手伝いを頼むのも憚《はばか》られる。そもそも後輩ができればこういう仕事からは解放されるものと思っていた。それが、どういうわけかいつまで経《た》っても頼まれるのは私だった。

「ちょっと話があるんだけど、たまにはお昼でも一緒にどう？」

何の話だろう。ここで今済ますわけにはいかないのか。嫌な予感がした。ちっともピンと来ないくせに、嫌な予感だけはするものなのだ。

時間をかけて資料をつくり終え、空いたダンボール箱に詰めて会議室の隅に置く。中から一部だけ取って、次長の席へ届けたところにちょうど山吹さんが現れた。まだお昼には少し間がある。

「混むから、少し早めに行きましょうよ」

山吹さんはそう言って、次長にも声をかけた。

「大橋くんも一緒にどう？　両手に花よ」

次長は、ははは、と短く笑った。

「残念だなあ、僕はこれからちょっと出なくちゃならないから」

ふたりでエレベーターに乗り込みながら、

「大橋くんの新人指導をしたのはあたしなのよ」

山吹さんは憮然《ぶぜん》としている。

「ずいぶんうれしそうに残念がってたじゃないの、まったく。カトレアでいいわよね？」

「えっ、あ、はい」

冴《さ》えない返事しかできなかったのは、次長の困ったような笑顔が目に浮かんでいたのと、今週二度目の赤毛のドリアンに躊躇《ちゅうちょ》したのと、それからやっぱりどんな話をされるのか心配だったからだ。それでも、誰か会社の人間が来るかもしれない店に行くところを見ると、そう込み入った話があるわけでもないらしい。休んでいる間に人員削減の対象になってしまったとか、破談のその後を問い質《ただ》されるとか。お昼まで時間があるせいで、カトレアは空いていた。いらっしゃいませ、と相変わらず無愛想な赤毛の女の子が言う。

「ハヤシライスふたつ」

今回ははっきりと注文すると、彼女はちょっと肩をすくめてからカウンターの奥へ戻っていった。

「その後、調子はどう？」

「ええ、おかげさまで、すっかり元気に」

「それならよかった。休む前よりは目が生気を取り戻したかな」

「一週間も休んでしまって、ご迷惑をおかけしました」

一応、テーブル越しに頭を下げてはみたものの、それほどの迷惑はかけていない自信があった。自信というのもおかしな話だ。こんなことに自信があっちゃいけない。

「休んでいる間の仕事は、そんなに溜まっていませんでした。みんなが片づけておいてくれたんですね」

誰かが私の代わりに仕事を片づけておいてくれた。つまりは片づけられる程度の仕事でしかない。私にしかできない仕事をしているわけではないのだ。――私の声はそんな思いを含んで少しひねくれて響いたかもしれない。

「あなたが何を考えているのか、はっきりとはわからないけど」

山吹さんが言った。

「会社の仕事って、誰かが休めば誰かが代わりにやる、それが基本でしょう。多少、速い遅い、上手下手はあるでしょうけど、その人にしかできない仕事なんてあっちゃいけないのよ」

そうだろうか。そんなことがあるだろうか。そうだとしたら、会社にやり甲斐《がい》のある仕事なんて存在しないことになる。

「その人にいてほしいのは特別な仕事ができるからっていうだけじゃないと思うのよ。あなたは自分が休んでも誰も困らないって卑下してるみたいだけど、それはちょっと違うんじゃないかな」

はあ、と曖昧にうなずく。

「大事な会議の資料を任せられるのはどうしてだと思う？　あなたに頼めば間違いないからよ。頼まれたってあんまりうれしくないだろうけどね。ただ、あなたには自信を持って仕事をしてほしいの」

ここまで来てようやく私は話の方向を悟った。遠回りだけれど、山吹さんは励ましてくれようとしているんだ。

そのとき、赤毛の彼女が現れた。

「お待たせしました、ドリアンふたつ」

え、と山吹さんがテーブルの上に置かれたハヤシライスのお皿と彼女の顔を見くらべた。

「気にしないでください、この子、ちょっとドリアンにこだわりがあって」

「あのトゲトゲした、おかしなにおいの果物?」

ひそひそ話す私たちに一礼すると、彼女は伝票を置いて立ち去った。

ハヤシライスはおいしかった。どうすればこんな味が出せるのかと考えてから、店の名物料理の味を真似たいと考えている自分に驚いてしまう。食べるばかりだった私が、変わったものだ。

おいしいですね、おいしいわね、と同じ会話を何度も繰り返しながら食べた。おいしいですね、と五回目だかに私が言うと、ついに山吹さんは答えてくれず、別の話を始めた。

「来月から発表会のプロジェクトチームが発足するって、聞いたことあるでしょう?」

見ると、彼女はもうスプーンを置いている。

「はい、噂《うわさ》だけは」

ベビー服の発表会は春と秋に行われる。もちろん我が社も毎回参加してきた。しかし、その発表会を準備するための企画会議が、なぜかこれまでは重役たちを主としたトップダウン形式で開かれていた。製作の現場の人たちが中心になっていないことで齟齬《そご》が生まれることもあったようだ。それで、来春の発表会からは実際に製作に関わる人たちが企画から立ち上げて、それを全社的に支えるチーム制にしようということになったらしい。ようだとからしいとか、部外者の私はときどきそんな噂を聞くだけなのだ。

「そのプロジェクトチームに参加してみる気はない？」

「えっ」

無理です、と即座に答えようとするのをハヤシライスが押しとどめた。口に食べものが入っている間は喋《しゃべ》るものじゃありません。小さい頃からよく母に注意された。その教えが、今役に立っている。ハヤシを咀嚼《そしゃく》して飲み込むその短い間に気持ちがぶるんと震えたのがわかった。

毎年二回、発表会の準備に明け暮れる現場の人たちを横目に見て、大変そうだと思う半面、憧れるような気持ちがなかったわけじゃない。日に日に盛り上がっていく空気が伝わってくれば、事務方である私たちも興奮してくる。

「チームに加わると仕事が膨大に増えて忙しい割に、大方が地味な裏方仕事だと思う。だから無理にとは言わないわよ」

「そんな、無理にだなんて。光栄です。ただ……どうして私なんでしょう」

「あなたはいつもどんな仕事でも文句を言わずこつこつと仕上げてきたから。事務系から誰か推薦してほしいと頼まれて、あなたなら適任かも、と思ってはいたんだけど、この先も仕事を続けていくつもりがあるのか、はっきりしてもらわないことにはね」

そう言って山吹さんは笑みを浮かべた。富士山の形の唇の両端が持ち上がる。山吹さんをきれいかどうかの基準で見たことはなかったけど、こうしてよく見るとわりかしきれいな人だったんだなあ。

しかし、残念ながらこの人には人を見る目がないようだ。どんな仕事にも文句を言わないのも、こつこつ仕上げるのも、仕事に期待をしていないからだ。よくも悪くも仕事とはこんなもんだと思って働いてきたからなのだ。私は結婚に浮かれて仕事を重要視してこなかった。重要じゃないものには期待も文句もない。

考えさせてください、と答えるのが得策でないのはもちろんわかっていた。受ける気があるなら即答すべきだ。でも、参加します、と元気よく答える勇気も持ち合わせていない。プロジェクトチームに参加したらどれほど仕事が大変になるか。私にそれをこなす能力があるのか。

「考えさせてください」

結局そう答えたのは、私に芽生えた仕事へのささやかな誠意だったかもしれない。山吹さんは気を悪くしたふうもなく、食後のアイスコーヒーを飲み終えた。

「もちろんよ、よく考えて返事をしてくれたほうがいいわ」

たぶん、よく考えても返事は同じだ。私はこの誘いを受けるだろう。仕事をがんばる、とリストに書き込みたいような気持ちだった。がんばると書いたからがんばるのではなく、がんばるからがんばると書くのか。

ふと目を上げると、カウンターの向こうから赤毛が親指を立てている。さてはお客の話を盗み聞きしてたな、ドリアン。

＊

ひとりすわればいっぱいのユニットバスにピンクの丸い玉を落とす。すぐさま浮かんできて、しゅわしゅわ泡を出しながら小さく弾んでいる。バスルーム全体に薔薇《ばら》の香りが開く。指で弾《はじ》くとくるくるまわって、やがて見えなくなった。

めまぐるしい一週間だった。会社に戻った。郁ちゃんと親しさが増した。豆とピンを考えた。そして昨日、プロジェクトチームへの参加を打診された。どれも大きなことのようだし、ささやかなことのようでもある。後から思えばあれが豆だったという出来事も、この一週間に起きているのかもしれない。それを活《い》かせるかどうか、気づかずにやり過ごしてしまうかどうかは私自身にかかっている。他人事のようにそう思う。今は、いい。わからないことを考えるとかえって動けなくなるから。

豆は特別なことじゃないと郁ちゃんも言っていた。あの日、カトレアから会社へ戻る道すがら話してくれた。たまたま知り合いが先に豆料理クラブに入っていたのだそうだ。もともと豆が好きだったから興味を持って話を聞いてみたら、予想以上に充実したクラブだったのだという。

「でも、つながったんだよね」

私は言った。

「知り合いを通してつながる先はたくさんあるのに、郁ちゃんは豆とつながって、私はたどりつけなかった。その違いで――」

人生は変わっていく。そう言おうとして、でも言葉にするのも気恥ずかしくて、郁ちゃんの隣を歩きながら空を見上げた。綿花をちぎって貼りつけたようなうろこ雲があざやかだった。

「あすわだって、もうつながってるじゃない」

郁ちゃんも空を見上げていた。

あのときの空と、郁ちゃんの声を思い出す。もうつながっている。つながったり、ちぎれたりしながら、人生は変わっていく。

「来月、また青空マーケットがあるのよ。もしよかったら、あすわもおいで。私はまた豆を売るの。お客さんとしてでもいいけど、助《すけ》っ人《と》として手伝ってくれたらうれしいな」

　ああ、それは楽しそうだ。郁ちゃんの声が、耳を、胸を、心地よく震わせ、気持ちがふるっと浮き立っていた。こんなふうに素直に楽しさを感じられるなんて久しぶりだ、と空を見上げながら思った。

　そういえば、シャワーでなく、こうしてお風呂に入れるようになったのはいつからだろう。破談になってからというもの、湯船に浸《つ》かるとなぜだか自分のいけなかったところがあふれるように思い浮かんできて、とても耐えられなかった。譲さんはあのときに私がこうしたのが嫌だったんじゃないか、あの場面ではああ言えばよかったんじゃないか。致命傷になりえたいくつもの言動を検証し、胸が潰れそうになりながら後悔し、最後は泣いた。泣いて泣いて涙が溶けたお湯の底に、身も心も沈んでしまいそうだった。

　今もすっかり楽になったわけじゃない。それでも、今、私は薔薇の香りのお湯に顎まで浸かることができる。それだけで小さなごくらくだ。ごくらく、ごくらく。ああ、神さま、罰なら今度にしてください。

「あすわー、いるー?」

　聞き慣れた呼び声がかかったのは夕方になってからだ。さっき洗った髪がまだちょっと湿っているのを手櫛《てぐし》で整え、ドアを開けるとえびす顔のロッカさんが入ってきた。さっさと上がってきながら得意気に差し出したのは、透明なパックに詰められた大粒の苺《いちご》だった。

「どうしたの？　こんな季節に苺なんて」

きれいに揃《そろ》った見事な苺がつやつや光っている。

「市さんにもらったんだよ。最近あすわちゃんどうしてる？　って聞かれたから、ちょっと会社休んでること伝えたら、これ、お見舞いだって」

「どうしてそんなこと市さんに言うのよ、あたしはすっかり元気なのよ、会社にだってちゃんと復帰したじゃない」

憤慨すると、ロッカさんは苺を手にしたまましゅんとなった。

「お見舞いの苺がほしかったんだね」

「………」

図星だったようだ。この叔母は苺に目がない。もっともおいしい食べもの全般に目がないとも言えよう。

「さ、洗って食べようか」

声をかけると、ロッカさんの顔がぱっと輝いた。いそいそと流しへ運んでパックを開けている。

そういえば譲さんも苺が好きだったなあ。そう思い出すと同時に胸がしくしく疼《うず》きはじめる。でも、だいじょうぶ。今、「思い出」したのだ。ちょっと前まで譲さんのことは思い出すどころじゃなかった。どんなに忘れたくてもいつも胸のまんなかに陣取って、どんと大きく、トゲトゲしく、おかしなにおいまで放つようだった。ドリアンみたいなその形が少し縮んだ気配がある。撃たれたようにズキュンと痛んだ胸も今はしくしく程度で収まるようになった。

「たしかまだ練乳があったはずだよ、あ、あったあった」

冷蔵庫のポケットから赤いチューブを出すと、ロッカさんが流しで振り返って鼻で笑った。

「邪道だね」

「なんで」

「苺は苺だけ、何も足さずに食べる。それが筋」

そんなものだろうか。この季節の苺がそうおいしいとは思えない。私へのお見舞いだというのにきっちり同じ数に分けるつもりらしく、ロッカさんは洗った苺を真剣に数えてお皿に盛った。渡されたお皿の苺にだけ私は練乳をかけた。と、

「うへっ」

苺で頬を膨らませたロッカさんが顔をしかめている。

「これは苺じゃないね」

「どう見ても苺だけど」

「食べればわかるよ、この飼い慣らされた味。いくらハウスものでももうちょっとなんとかならないもんかなあ。もっといきいきと弾けるような酸っぱさと甘さがあって初めてほんとの苺でしょ」

ほんとも嘘も、苺だった。ほんとの苺と言われても、この苺にだってどうしようもないに違いない。なんとなく、苺の肩を持ちたい気分だった。ほんとの譲さん、ほんとの恋。何がほんとで何が嘘なのか、私にはわからなかった。今でもわからない。

気づけばロッカさんが練乳のチューブを搾っている。

「練乳かけるのは邪道なんじゃなかったの」

指摘すると、

「いいのいいの、この際おいしければ」

そうだ、おいしければよかったのだ。ほんとの恋でもほんとでなくても、おいしかったら譲さんだって手放さなかった。

ロッカさんは苺の上からぐるぐる練乳をまわしかけ、フォークで潰してどろどろにした。

「たしかに、それはもう苺じゃないね」

ロッカさんのお皿の中のピンクの半固体を指して言ったつもりなのに、自分で自分の台詞《せりふ》に動揺している。

そう、それはもう恋じゃなかった。おいしく食べるためにいろんな味つけをしなくちゃならないような恋なら、いつかは終わったろう。そのいつかが少しでも遅く来るように、やっぱり私は練乳でもなんでもかけて、必死にかき混ぜたに違いないけれど。

「どうしようもなかったんだよね」

つぶやくと、私の胸の内など知る由もないロッカさんが向かいの席で大きくひとつうなずいた。

11　一切れのパン

「青空マーケット日和だね」

気持ち良さそうに郁ちゃんが空を見上げる。うん、と同意しつつ、

「協働市場だよ」

と訂正も入れる。この何週間かでわかったことだけど、郁ちゃんは意外と大雑把だった。この人にかかれば、青空の下で開かれる市はすべて青空マーケットということになる。お彼岸に開かれるこの市は、正式には協働市場だ。真夏に開かれた――熱中症で入院する羽目になった――青空マーケットよりずっと規模が小さくて、主に手作り品や食べものを出す人が多く、そのせいもあってか和やかでアットホームな雰囲気の市だ。

私たちの出した店はなかなか賑《にぎ》わっていた。開店と同時に、上品な感じの母子《おやこ》と、年配の夫婦、それにちょうど私たちくらいの年頃のカップルが来て、色とりどりの豆のディスプレイを眺めたり手に取ったりしてから、それぞれが何かしら買っていってくれた。

それからも、家族連れが何組か訪れたし、ひとりで立ち寄ってくれる人たちもいた。

対面販売なんて学園祭の模擬店以来だ。広い空の下で食べものを売るというのはそれだけでこんなに気持ちのいいことだったんだなあ。いらっしゃいませ、よりも、こんにちは、と声をかけたいような気分だった。

気持ちがいいのは屋外だからという理由だけではないのかもしれない。何から何まで自分たちで企画し、準備をし、自分たちで売っている。郁ちゃんと相談し手分けしてつくってきた豆スープ（レンズ豆とズッキーニのスープ）と、豆入りピタサンド（全粒粉のピタパンにひよこ豆のペースト）、それにレシピを添えて初めての人にも簡単につくれるよう考えた豆料理キット。どれも、間違いなくおいしい。買って損はさせない、と自信を持って言える。

つまるところ、売りたい物を売る、それが気持ちのいい仕事の鍵なんだと思う。青空市は仕事ではないけれど。もしも私が自分で仕事を始めるなら、ほんとうに売りたい物を売ろう。

青空が不意に雲で覆われたのは、売りたい物を売る、うん、そうだよ、売りたい物を売る、と私が拳《こぶし》を握りしめたそのときだった。なんだか曇ってきたねと空を見上げているうちに、黒い雲が走るように広がったかと思うと、まもなく大粒の雨がばらばらと音を立てて降り出した。

私たちの店はテントを張っていたからまだいい。コンクリートに直接茣蓙《ござ》を敷いて売っている人たちは品物が濡《ぬ》れないよう片づけるのに大わらわだった。

向かいの莫蓙のCD売りの人たちを招き入れ、その隣のオーガニック石鹸《せっけん》売りの子たちを入れ、さらにダンボールを抱えて右往左往していた男の人を入れたら、それでもうテントの中はぎゅうぎゅうだった。反対に、テントの外は雨脚にも似たスピードでお客さんが引いていき、豆スープも、豆入りピタサンドも、パック詰めされた豆料理キットも、大量に売れ残ったままだ。

ちらちらと寸胴鍋《ずんどうなべ》を気にしていたCD売りの長髪の男の子が思い切ったように口を開いた。

「もったいないっすね、このスープ。こんなにおいしそうなのに」

その素朴な声に、雨に冷えた胸がぽっとあたたかくなった。

「おいしそうなだけじゃなくて、ほんとにおいしいんですよ」

ねえ、と同意を求めると、

「食べちゃおっか」

郁ちゃんがいたずらっ子のような声を出した。そうだ、あのときの郁ちゃんはたしかに雨を面白がっているふうだったのだ。

「この雨じゃもうお客さんも来ないでしょうし、余らせても運ぶのがまたひと苦労だしね」

それで、テントで押しあいへしあいしていた五人にスープとサンドイッチをふるまうことになったのだ。メラミンのカップによそわれたスープをふうふう言いながら飲んでいる、今日初めて会った——そしてもう会うこともないだろう——五人の顔を見ていると、胸がくすぐったいような気分になったし、きっと同じ気分でいる郁ちゃんの笑顔を見るとますます胸はくすぐったくなった。うふふ。くすぐったすぎて、ひとりでに笑いがこぼれてしまったくらいだ。

普段からこの人たちは豆を食べているだろうか。豆っておいしいと思ってもらえただろうか。そうだとしたら今日ここに店を出した意味がある。

半分くらいはお愛想だったとしても、口々においしいおいしいと感心されて私たちはすっかり気をよくしていた。私たちは——と私は勝手に思っていた。郁ちゃんはちょっと違う気持ちでいたのかもしれない。

スープとサンドイッチを食べ終えた人たちが三々五々手を振っては帰っていき、私たちも撤収するしかなさそうだと判断したのはまだ十一時にもならない頃だ。売れ残りの豆料理キットを箱に詰め、テントを外し、テーブルと椅子を畳み、大きな鍋と一緒にレンタカーの荷台にどうにかこうにか押し込んで、お昼よりずいぶん早くアパートに戻ってきてしまった。

一日仕事のつもりでいたせいもある。ぽっかりと空いた午後を前に、郁ちゃんとこのまま別れてしまうのがしのびなかった。うちに寄っていかないかと誘うのは、ちょっと勇気が要ったのだけど。

「わあい、行く行く」

郁ちゃんが屈託なく笑ったのがうれしかった。まさかそれからこんなことになるとは思いもしなかった。

「青空市のくせに青空なんて朝のうちだけでぇ」

インド音楽の流れる部屋で郁ちゃんが愚痴をこぼしている。これで三度目だったろうか。聞こえないふりをして郁ちゃんのほうへ手を伸ばす。

「郁ちゃん、もうそのへんで」

少女のように華奢《きやしや》な手に持ったグラスを受け取ろうとすると、郁ちゃんはさっと引っ込め、

「なによぉ、まだまだこれからよぉ」

グラスの中の透明な液体をまたひとくち飲んだ。

「せっかく仕込んだ豆スープがほとんど売れ残っちゃうなんてさぁ」

いつも可憐《かれん》なこの人にこんなに愚痴っぽいところがあるとは知らなかった。

「青空市だって言うのにぜんぜん青空じゃないんだもん」

頬をばら色に染め、また同じことを言っている。大量に売れ残ったのがよほど悔しか

ったらしい。意外と負けず嫌いだ。

「しょうがないよ、雨降っちゃったんだから」

たぶん私のこの台詞《せりふ》も三度目だ。郁ちゃんが悔しがるたびになぐさめにもならないことを繰り返す。ほんとうは私ももう少し悔しがるべきなんだろう。ただ、楽しかったから愚痴を言う気にはなれなかった。

豆の仕入れや出店のために、お金はかかっている。儲《もう》けようとは思わないが、あまり赤字になっては困る。次が続かなくなる。こういうことは続けていくことが大事なんじゃないかと思うのだ。私にわかるのはそれくらいだ。

「あのね、いつもはもうちょっと売れるの。食べた人が、おいしいってみんな目を輝かせるんだよ。その楽しさを――」

そこで郁ちゃんは大きく息を継いだ。

「その楽しさを、あすわにも味わわせたかったんだよぅ」

そうか、私のために悔しがってくれていたんだ。

と目を見開いたのはほんの一瞬だ。こんなに未練がましいのは、私のせいだけじゃない。もちろん、予想外の郁ちゃんの負けず嫌いのせいだけでもない。

「郁ちゃん、お酒もうやめなって。ちょっと飲み過ぎ」

コップを奪うと郁ちゃんは、ぐう、とうなった。もう半分くらい寝ていたみたいだ。

郁ちゃん、お酒に弱すぎだし。

「お水飲む？　お腹《なか》が空いてたからお酒がまわっちゃったのかな」

テントの中で見ず知らずの人たちとひしめきあいながら食べた豆スープとピタサンドが私たちが朝から口にした食べもののすべてだ。それでも、あれはおいしかった。

「このサンドイッチに入ってるの、なんですかー」

サンドイッチが口に入ったままの石鹸売りの女の子に聞かれた。

「ああ、これ、ハモスって言うの。ひよこ豆を柔らかく茹《ゆ》でてつぶしたものなんです」

「えー、おいしー、これも豆なんだー。味つけはー？」

塩とオリーブオイル、それににんにくをごく少々。それだけだ。私も手伝ったから知っている。

「これ、お礼っす」

長髪の青年が売り物のCDを、女の子たちは石鹸を分けてくれた。

「次回はリベンジっすよ。俺たちのCDをもっと多くの人に聞いてもらいたい」

雨空を見上げてもうひとりの若い男が言い、

「あたしたちも、この石鹸のよさを知ってほしくてー。また会いましょうねー」

石鹸の女の子ふたり組が声を揃《そろ》えた。

「今度はこの豆スープに合う酒を持ってきますよ」

年齢不詳の男はダンボールの中から酒瓶を一本手渡してくれた。酒類の販売は禁止のはずだ。

ねえ郁ちゃん、それでじゅうぶん楽しかったんだよ、私は。共同じゃなくて協働だっていう名前の意味もなんとなくわかったよ。

そのとき、長髪の青年が弾いているらしいシタールの向こうから足音が近づいてきたのがわかった。

「あすわー、いるー?」

いますよ。はい。あすわはここにいます。

「そろそろお昼かなあと思って」

玄関で長靴を脱ぐなりにこにことそう言ったロッカさんは、テーブルに突っ伏して眠っている郁ちゃんに気づいてぎょっとしたようだ。

「どなた?」

よそゆきの声に、郁ちゃんがテーブルから眠そうな顔を上げ、うわー、と声を上げた。

「あすわのお姉さんでしょう。そっくりー!」

げっ。

たしかにげっと聞こえた。私が言うならまだしもどうしてロッカさんが、げっ、なのか。

「はじめまして、渡邉郁未《わたなべいくみ》ですぅ」

そのまま椅子から立ち上がり、げっの形に口を開けたままのロッカさんに向かって握手せんばかりの勢いだ。

「いつもあすわにはお世話になってますぅ」

対してロッカさんは、え、あ、いや、としどろもどろだ。

「違うの、郁ちゃん、この人叔母なんだ。近くに住んでていつもこうやってふらっと遊びに来るの。よく見てよ、そんな似てないでしょ」

「えー、そうかなー。そっくりだと思うけどなー、あははー」

そう言って私たちを見くらべていた郁ちゃんは、笑顔のままふらふらと後ずさりすると、また椅子にすわってことんと眠ってしまった。

「なんかやたらとテンションの高い子だね」

ようやくロッカさんが口を開いた。

「ロッカさんこそ、なによ、急におとなしくなって」

「あたし、人見知りなんだ。そうは見えないってなぜか言われるんだけど」

郁ちゃんとは反対だ。そうは見えないだろうけど、普段はおとなしくて控えめな人なのだ。

「これ、お昼？」

ロッカさんは結局半分以上余ってしまった豆スープの鍋がコンロに載っているのを見逃さなかった。

「お豆のサンドイッチもあったんだけど、もう食べて来ちゃった」

いいよいいよ、冷やごはんで」

いいよと言いながら、どうせ私が冷凍庫から出して温めてお茶碗《ちゃわん》に盛ってくれるのを待っているのだろう。

「うわ、おいしい、このスープ、売れるよ」

「売ってきたんだよ、まさに今日」

「瀬戸口くんがね」

眠っていたはずの郁ちゃんがいきなり切り出した。

「生まれて初めて女の子にひと目ぼれしたんだって。あすわをひと目見て、この人こそ自分の探してた人だって思ったんだって」

ごはんを温め直していたレンジの前から振り返る。

「今日、来てたんだよ」

「え、協働市場に？　知らなかったよ。教えてくれればよかったのに」

「だって口止めされてたんだもん。瀬戸口くんねえ、あすわにグッとかググッとかそんなもんじゃないんだって、ガーンと来たんだって」

あははー、と郁ちゃんは笑った。ガーンというのが果たしてひと目ぼれの形容として適切なのかどうか。

「そこ、特に笑うところじゃないような気が。っていうか瀬戸口くんって誰」

ロッカさんがおとなしめにつっこみを入れつつ、豆スープをスプーンで掬《すく》っている。

「ああ、いいなあ！　私もガーンって来てくれる人がほしいよ、あははは」

そう笑ったかと思うと郁ちゃんは、わーん、とふたたびテーブルに突っ伏した。

「い、郁ちゃん、ガーンなんて来なくても、じわじわ来ればいいって言ったの郁ちゃんじゃない。ねえ、郁ちゃん」

「無駄無駄」

ロッカさんがスプーンを持っていないほうの手を振っている。

「その子、完全に酔っ払ってるから。何言っても無駄」

「だってほとんど飲んでないよ。コップに一杯じゃん」

「泡盛をね」

「ごめんっ」

郁ちゃんが一度テーブルから顔を上げ、それからがつんとおでこをぶつけるくらいに頭を下げた。

「ちょっとちょっと、おでこだいじょうぶ」

「私は嘘《うそ》をついてました ぁ、私は友達を売りましたぁ」

テーブルに額をつけたまま、郁ちゃんがすすり泣いている。

「友達を売った、ってそれ、もしかして、あたしのこと?」

「ほんとは、またあすわを連れてきてほしいって頼まれてたんだ。私、あすわには内緒にしちゃったでしょう。あすわと豆スープを売ったらすっごく楽しくって、純粋に店を手伝ってもらったんだったらどんなによかったろうって。瀬戸口くんのためにあすわを連れていったなんて、不純だったぁ」

「いや、それくらい、別に黙っててくれても気づかなかったし。泣くほどのことじゃないし」

「そうそう、売ったのは豆スープで、友達じゃないよ」

投げやりになぐさめたロッカさんが、ふと真顔になった。

「もしかして、金銭のやりとりがあったの? あすわを連れていったらいくらくれるって?」

「そんなことはしてません」

「じゃあ別に売ってないじゃん」

「うわあん、あすわと豆を売ったら楽しかったのにぃ」

「無駄だね、酔っぱらいに何を言っても」

無駄だけど、無意味ではない。これはこれでいい気分だ。郁ちゃんが、あすわと豆を売ったら楽しかったと繰り返し泣くのを聞きながら、そこはかとなくしあわせな気分でロッカさんと一緒にゆっくりともう一杯豆スープを飲んだ。

すっかり眠ってしまった郁ちゃんを、ロッカさんとふたりでベッドへ運ぶ。

「華奢に見えて、案外重いんだな」

ふう、と息をつきながらロッカさんが言うと、ベッドの郁ちゃんがいやいやと首を振るような仕種《しぐさ》をした。

「笑ったり泣いたりずいぶんと騒がしい人だけども」

今は赤ん坊みたいに無防備な顔を見下ろして、ロッカさんが言う。

「あたしは安心したよ」

「何に」

「あすわにもやっと友達ができたのかと思って」

失礼な、と言おうとして言葉がつかえた。

「酔っ払って寝ちゃった友達にはマジックで髭《ひげ》を描くのがお約束なんだよね」

「や、やめてよ！」

ロッカさんなら本気でやりかねない。

「ところであすわ」

キッチンのほうへ私を促しながらロッカさんが言う。焙《ほう》じ茶《ちゃ》でも飲みたいというのだろう。

「リストはどうしたの。最近見ないけど」

「あ、リストね」

お茶筒の蓋を開けながら、どう説明しようかと考えをめぐらせる。

自分をかわいく思えって。そんで、リストにしがみついてるのやめたほうがいいって。そんな不可能リストになんか——とはもちろん言えなかった。ロッカさんに悪いというより私自身が反発している。不可能なもんか！　ただしその声は小さすぎて、私の耳にさえ届かない。

「リストはね、いったんしまっておいて、どうしても必要になったら取り出そうかと思って」

ふうん、とロッカさんは言った。

「今はその時期じゃないってことだね」

「そう……だと思う」

ほんとうは、今もこのポケットにある。そっと上からさすってみる。うん、だいじょうぶ。

「あのさ、ロッカさん、『一切れのパン』って話、知ってる？」

当然だとばかりロッカさんがうなずいた。

「貧しい親子が三人で一切れのパンを注文して分けあう話でしょ」

「それは『一杯のかけそば』じゃない」

「あ、じゃ、あれか。絵を描くのが好きな少年がクラスメートの絵の具を盗んじゃう話」

「それは『一房の葡萄《ぶどう》』。ロッカさん、わざと言ってるでしょ」

目が泳いだ。大方、照れくさいのだろう。人がまじめに話そうとすればするほどはぐらかしたくなるのだこの人は。

「で、なに。そのパンがどうかしたの」

「うん。リストって私にとっての一切れのパンなんじゃないかと思って」

そう答えると、ロッカさんはちょっと眉毛を上げて何か言いたそうにした。

シャツの胸ポケットに入れたパンを服の上から触って、ここにパンがある、と安心する。「一切れのパン」という物語だ。戦争中に捕虜として捕らえられた水夫が脱走する。逃げる間際、捕虜のひとりである僧侶に一切れのパンを渡される。これを持っていきなさい、と。ただし、空腹はできるだけ我慢しなさい。我慢して我慢してどうしても耐えられなくなってから包みを開けて食べなさい、との忠告付きで。飢えと疲労と恐怖のたびに水夫はポケットの中のパンを撫《な》で、ぎりぎりのところでその忠告を守ってついに生き延びる。

私は何をしているのか、何をすればいいのか。やろうとしていることは何か、やりたいことは何なのか。どういう毎日にしたいのか、どんな人間になろうとしているのか。そういうことを考えるのがリストの役割だったんだと思う。

「ええとね、リストはつまりきっかけだったんだよね。今の自分やこれからの自分を考えるきっかけ。だから、書いたらポケットに入れて、あとは自分で進んでいくしかないんだよ。書いたことを信じて、これがあるからだいじょうぶ、こっちで間違ってないって」

「そういうのを普通――」

郁ちゃんだ。眠っていたはずの郁ちゃんが横になったままのベッドからこちらを見ている。

「チャンスって呼ぶんだよ」

「え」

「きっかけってチャンスのことでしょ」

まだ半分眠っているような顔だ。

「でもさ」

ロッカさんが口を挟んだ。

「チャンスじゃなくて、希望の話じゃなかったっけ、一切れのパンって」

「そうだよ、ドリフターズ・リストも、きっかけであり、チャンスでもあり、希望でもあり――」

意気揚々と話をつなぐ私を、ロッカさんがふんと笑った。

「あほらし」

「なんで」

「買い被《かぶ》りすぎ」

「何をよ」

「リストをよ。リストにしがみついてるのやめたほうがいいって」

「ええっ」

「あんたが書いたリストなんだから、後生大事に持ち歩かなくてもいいじゃない」

ベッドから郁ちゃんが私たちのやりとりを面白そうに眺めている。

「さっき自分で言ったでしょ、リストはきっかけだって。そちらの酔っ払ったお友達は、チャンスだとも言った」

「渡邉郁未です」

「きっかけもチャンスも手に入れてるんだから、紙切れ一枚を御守りみたいに持ってるロッカさんは、とっておいた一切れのパンを取り出した。もらったのか、ちょっとわからなかった。リストを書くよう勧めたのはロッカさんなのに、今度はもうそれを手放せって。――あ、そうか。そういうことなのか。

「もしかして、巣立ちってこと？　リストから卒業する時期だってこと？」

ロッカさんはまた鼻をふんと鳴らして笑った。

「あんたってけっこう厚かましいよね」

そうして、ごちそうさま、と立ち上がった。

「あすわのそのパン、干からびてカチカチになった一切れのパンとは違うと思うよ。食べようと思えばいつでも食べられる。いつまでも取っておくと発酵もする。発酵しすぎて爆発する前に、ポケットから出すんだよ」

じゃあね。ロッカさんはオットセイを思わせる黒いゴム長を履いて帰っていった。

どんな危険物を私はポケットに入れているんだろう。ポケットの中でぽんと小さな爆発音を立てて弾《はじ》けるリストを想像すると、なんだか楽しかった。

洗い物を片づけ、お茶を淹《い》れて飲み、運び込んだ豆料理キットを整理しているところへ郁ちゃんが起き出してきた。

「あれ、起きてだいじょうぶなの」

「うん、もうだいじょうぶ。ありがとう。寝たのがよかったみたい」

少しきまり悪そうだけれど、愚痴ったり笑ったり泣いたりしたことをはっきりとは覚えていないのだと思う。もしもあれをちゃんと覚えていたとしたら、恥ずかしくていたたまれないだろう。

「お水を一杯くれる？　あと、お鍋置いていっていい？　まだスープけっこう残ってるでしょ。ごめんね」

「もしかして、もう帰るの」

「うん。今日はほんとにありがとう。よかったら、また、一緒にお店出そうよ」

郁ちゃんはいつもの可愛らしい楚々とした顔をして微笑んでいる。

誰かに頼まれてじゃないよね。ほんとうに私と一緒にやりたいと思ってくれているんだよね。かわいそうに、郁ちゃんはきっと瀬戸口くんに頼まれて私を売ったと告白して泣いたことを覚えていないだろう。そうだとしたら、これからまた罪悪感に苛《さいな》まれるのかもしれない。

「郁ちゃん、がんばれ。あたしはいつでも郁ちゃんの味方だよ」

こくこくと水を飲んでいた郁ちゃんが不思議そうな顔をし、それからふわりとうなずいた。

郁ちゃんを駅まで送っていった帰り道、商店街を抜けたところで不意に懐かしいものが目の前を横切った。足を止め、辺りを見まわし、目を凝らす。雨。傘。アスファルト。浅い水たまり。コンビニの前をちょうど通り過ぎたところだ。懐かしいものは見当たらない。そのかわりに、私はなぜかポケットの携帯を押さえていた。

ああ、そうか。携帯から手を離し、自分の勘違いを笑う。懐かしいものが見えたんじゃない、聞こえたんだ。やめたほうがいい、と思うのに足を止められない。一、二、三、四、五歩。ゆっくり歩いたつもりできっと速い。コンビニの前まで戻る。入る勇気はない。誰かがドアを押して出てくる。外へ流れ出す、店内の音楽。

懐かしいという感情だけが先に飛び出して、実際に何が起こっていたのか把握できなかった。歌だ。コンビニで懐かしい歌がかかっていた。大好きだった歌。二年前の春、学生時代の友人に誘われて出た飲み会の席で、有線でかかったこの歌を聞いた。この歌いいよね、と譲さんが話しかけてきて、すぐに意気投合した。はじめてふたりで行ったライブで、アンコールの最後に歌った歌。譲さんからの着うたは、二年間これだった。今はもう私の携帯に、譲さんの名前もアドレスも、そしてこの歌もない。

雨の中、水たまりを踏んで歩き出す。今年の夏は尻尾がなかった。お盆を過ぎて雨が降ったと思ったらそれですっかり涼しくなってしまった。この頃は雨になると肌寒いくらいだ。

それでも今日はシャワーにしようと思う。お風呂はよそう。今日、湯船に浸《つ》かったら、きっと譲さんを思い出して泣いてしまうだろう。

悲しいのか、怒っているのか、わからない。譲さんを思ったときに感じる痛みが既に少し和らいできている。あんなに好きだった歌を、もう素直に聞くことができないことに悲しんだり怒ったりしているのかもしれなかった。いつかあの歌を聞いて、胸を痛めるよりも先に、好きだった、楽しかった、と思い出せたらいいなと思う。

アパートの階段を上りながら、頬が濡れていることに気づく。わかっている。雨のせいだ。傘を閉じ、二階の廊下を歩く。どうせならお風呂に入ってしまおう。熱めのお風呂を沸かしてゆっくり浸かろう。エコーの響く湯船から大きな声であの歌を歌ってみてはどうだろう。

最終章　今日のごはん

すっかり空が高くなった。少しずつ日も短くなってきている。以前はまだ明るいうちに帰れることもしばしばあったのに、この頃は皆無だ。

出勤する前に水に浸《つ》けておいた金時豆がル・クルーゼの中で膨らんでいる。それを鍋ごと火にかけると、ようやくひと息ついた。アパートの階段を上った勢いのまま部屋のドアからコンロの前に直行し、鍋をかけてしまうのがコツだ。これならわざわざ小踊りから始めなくても、慣性の法則で動くことができる。

鍋が沸いてきたら火を弱め、この季節ならそのまま二十分くらい。それで豆はやわらかくぽっくりと煮え上がる。その間に小松菜を洗い、にんにくを刻んでおく。あとは茹《ゆ》でたての金時豆と一緒にオリーブオイルで炒《いた》め合わせるだけ。ほんとうは干し海老《えび》やアサリなど海の幸を使うといいだしが出るのだけれど、今日は省略だ。フライパンからスプーンですくって味見して、うっとりする。塩だけでどうしてこんなにおいしくなるんだろう。不思議なくらいだ。

不思議といえば不思議なことがもうひとつあった。昔の私はこの時間に何をやっていたんだろう。そんなに前の話でもないはずなのに、もう思い出すこともできない。

仕事が忙しくなって、残業が増えた。引っ越して実家から通うより遠くなっているから在宅時間は明らかに減っている。帰宅してからは、洗濯するのも、お風呂を沸かすのも、ゴミを出すのも、私しかいない。勤務時間に加えて家事も増えているのだから当然疲れてもいる。それなのに、おおむね毎日、いや、ほとんど毎日、よく考えてみるとちゃんと毎日、何かしら自分でごはんをつくっている。

駅からアパートに向かう間は、ああ疲れた、と思っている。お食事処市川に寄ろうかと考えないこともない。それでも、なんとなく市川の前を通り過ぎ、アパートの外階段をカンカンと上る頃には頭に夕食のおかずが浮かんでいる。豚肉が半パック残っていたはずだとか、冷凍庫に茹でた銀手亡《ぎんてぼう》があるとか思い出して気が楽なこともあれば、献立を何も思いつかなくて足が重いときもある。

どちらにしてもこの頃しみじみ思うのは、いつも母のことだ。母は偉かった。毎日ごはんをつくってくれた。ただそれだけのこと、と今までは思っていたのだ。あたりまえのようにつくってもらって食べていたけど、ぜんぜんあたりまえなんかじゃなかった。「毎日」がいちばん偉い。実家にいた頃は気づかなかった。バチ当たりな娘だった。

フライパンの火を止める。炊飯器から勢いよく蒸気が上がり、新米の炊ける匂いが漂ってくる。ああ、おいしそうだ。私の場合はこれでじゅうぶん。でもきっと家族がいたらこうはいかないだろう。汁物は不可欠だし、おかずももう何品かつくらなくてはならない。それも、毎日だ。やっぱり母は偉かった。

毎日に囚《とら》われる必要はない、自分を縛ることはない、と思いつつ、毎日ごはんをつくっているのは、母がこれまでそうしてくれていたことに気づいたから、そしてリストに「毎日」と書いたからだ。「毎日」ごはんをつくる。「毎日」であろうがなかろうがどこの誰にも関係なく、ただ自分の気持ちの問題でしかないのだけれど。

そろそろかな、と壁の時計を振り返る。どこの誰にも関係ない、なんてこともないようだ。だいたいこの時間、少し残業をして帰って簡単なごはんをつくり終える頃に、ドアの向こうから声がかかる。

「あすわー、いるー？」

もしも私が留守にしていたり、ごはんをつくっていなかったりしたら、この人ががっかりするだろう。誰か食べてくれる人がいるというのも「毎日」には関係してくるらしい。

入ってくるなりコンロの上のフライパンの中身を確認しにいき、うんうんとうなずきながら叔母は言った。

「めずらしく落ち込んでるみたいだったな」

「え、誰が」

「……金時豆ってとろっとしたところがおいしいんだよね」

味見のスプーンを口に入れてから振り向いた。

「安彦。落ちたみたいよ、試験に」

そういえば兄が資格試験を受けるという話は聞いていた。ソムリエ試験だ。ほんとうに受けていたのか。冗談でしょ、と笑って聞き流してしまった。

「こないだ会ったとき、安彦にしてはけっこうしっかりしたこと言ってたけどね。あ、もうごはん盛っていい？」

お茶碗《ちゃわん》をひとつずつ並べ、深皿に金時豆と青菜の炒めものを盛りつけて、海苔《のり》の佃煮《つくだに》の小瓶を出し、いただきます、だ。

「なんかさ、人の痛みのわかるソムリエになりたいとかって」

「お兄ちゃんが？　……よく意味わかんないんだけど」

「うん、もともとはバイト先の酒屋さんの店長にソムリエの資格取ったら正社員にしてやるって言われたらしいんだけど」

「正社員になりたいとは思ってるんだな、さすがに」

「いや、最初は相手にしなかったらしいよ。べつに正社員になりたくもないしって」

「なりたくないのか」

「でもさ、ふと今までの自分を思い起こしたんだって。今までの、ソムリエとは縁のない人生を」

「っていうよりソムリエがいたら避けて通るような人生。お兄ちゃん、きちっとしたところに出て行くのめちゃめちゃ苦手そうだったもんね」

「そうそう。だからこそなんだってさ。俺みたいなソムリエを必要としている人間が必ずいるはずだって。息巻いてたよ。あえなく落ちたけど」

いろんな動機、いろんな理由があるのだなあ、と感心してしまう。

「つまりお兄ちゃんはジャージ穿《は》いたソムリエになりたいってわけだ。洒落《しゃれ》た店で高いコース頼まなくても、市川みたいな店で安くておいしいもの食べながら飲めるワインを選んでくれるソムリエがいたら——」

そこまで言ってはっとした。思わず顔を向けると、ロッカさんと目が合った。うん、とふたりしてうなずく。

「呼ぼう、安彦も」

また青空マーケットへ出店することが決まったのだ。今度のは先月の協働市場とは規模が違う。夏と同じ、山の麓で大々的に開かれ、多彩な店が揃《そろ》うことで知られているという。人気があるだけに参加するのは容易ではない。決まったフォーマットにこまごまと記入した書類を提出しなければならなかった。その書類で選考されるのだ。郁ちゃんとふたりで工夫を凝らして書き上げた。

晴れて選考を通ってからも準備を重ねてきた。いろんな豆を仕入れ、豆料理をいくつもつくってみた。ロッカさんは普段通りアパートへやってきては、試作した豆料理を食べて意見を言ったり、意外にも器用にポップをつくってくれたりした。青空マーケットはいよいよ今週末だ。

「うん、呼ぼう、お兄ちゃんも」

言ったそばからわくわくしてくる。選んだ五種類の豆料理、それぞれに合うワインがあったら楽しいだろう。お酒は売れないから、小さなグラスに一杯ずつサービスだ。

「今日は落ち込んでたからさ、日を改めたほうがいいんじゃない」

「そうだね」

落ち込むほど真剣に取り組んでいたとは思いもよらなかった。ちょびっとだけ見直した。でも兄のことだ、週末までにはすっかり立ち直っていることだろう。

「君の書類、すごく見やすくて助かるよ」

プロジェクトチームのメンバーである主任デザイナーから声をかけられたのは翌日の会社の帰り際だ。

ありがとうございます、とお辞儀をしながらすれ違う。その声が自然に弾んでいた。わざわざ書類作成を褒めてくれる人なんて滅多にいない。同じ会社にいながら、事務系と営業系には隔たりがあった。製作系はもっとだ。今はこんなふうに声をかけてくれるまでになった。もっとも、大事なのは書類に書かれた中身だというのもわかっている。私はただメンバーの考えをまとめた書類をつくっただけだ。

階段から三本目の柱の左側。駅のホームの決まった位置に立つ。電車が入ってきて、正面の看板の文字が隠れる。濱ベビー服本舗。いい会社だと思う。

赤ちゃんとそのお母さんが喜ぶような、とびきりかわいくて着心地のいいベビー服を売りたい。けれど、それをデザインしたり、生地を探してきたり、縫製したりするのは私ではない。そのことが会社での視界をぼやけさせていた。事務をするだけならどこの会社にいても同じなんじゃないか。ベビー服に貢献していないんじゃないか。そんな疑問がずっとあった。プロジェクトチームに加わるうちに少しずつ視界が晴れていき、おぼろげながら自分の仕事の意味みたいなものが見えてきた。みんながみんなクリエイティブなことをしなければならないわけじゃない。売りたい物を売るためには事務のプロも必要なのだ。そう考えて、吊革《つりかわ》をぐっと握る。ベビー服をみんなでつくっている。会社をみんなでつくっている。ちょっと大それた考えかもしれないけれど。

以前の私が結婚に浮かれて仕事に本腰を入れていなかったことは、たぶんまわりにだってばれていたんじゃないかと思う。破談になって、かわいそうにと思う気持ちに、ちょっぴりいい気味だと思う気持ちが混じってもしかたがないだろう。結婚がなくなったからといってプロジェクトチームに参加するなんて調子がよすぎると思われていたかもしれない。それなのに、一員として受け入れてもらい、つくった書類を褒めてもらえる。みんな大人だ。この会社に入ってよかった。プロジェクトチームに入れてもらえてよかった。

協働市場を経験したことも大きかった。ほんとうにいいと思う物を売るのは気持ちがいい。売りたい物を売ろう。そうはっきりと意識できたのは、あの市のおかげだ。自分で仕事を始めるなら、売りたい物を売ろう。あのときはそう思ったのだけれど、会社で仕事をしていると、ここでの仕事も同じだとわかる。売りたいベビー服を売るために、私にもきっとできることがある。

以前は、私が働くことと、いい服を売ることとがどうつながっているのかちっともわからなかった。わかろうともしなかった。ほんとうに売りたい物を売るためにはどうすればいいのか。買った人にも喜んでもらうには。そして、利益を出すには。まだまだ考えなくてはならないことも学ばなくてはならないことも山ほどある。だけど、考えようとも学ぼうともしなかった頃に比べれば、たぶん少しは進歩している。

電車に揺られながらひそかに肩をまわしてみる。だいじょうぶ、まだ余裕がある。あんまり張り切りすぎないようにしよう。ひとつずつこつこつと仕上げていくのが私の取り柄なのだから。

プロジェクトチームに参加した当初はやたらに肩が凝って帰りの電車に乗る頃には腕が上がらなかった。失敗しないよう緊張して身体《からだ》に力を入れすぎていたせいだ。失敗するのが怖かった。もちろん今もだ。失敗を怖《おそ》れる気持ちはまだ胸のまんなかで胡座《あぐら》をかいている。破談の後遺症かもしれない。傷つくことに妙に敏感なくせに、ちょっとやそっとのことじゃ傷ついたりしないと開き直ってみたり、めまぐるしく動く自分の気持ちをコントロールするのもむずかしかった。

自分の心がわからなかった。動きを予測できないし、追いかけてもつかめない。一方で、心の揺れる幅は大きければ大きいほどいいと思っていたきらいもある。ぱっと喜んだり、どーんと悲しんだり。今はそれがだいぶ落ち着いてきた。振幅は小さくていいと思うようになり、穏やかな気持ちで息ができるようになった。私がそう望んだからだ。ゆるやかによろこび、そっと悲しむような、穏やかな毎日を今は求めたいと思う。感情に振りまわされすぎないで、やりたいことをこつこつとやれるように。

私が選ぶもので私はつくられる。好んで選んだものも、ちょっと無理をして選んだものも、選ぼうとしなくても無意識のうちに選び取っていたものも。譲さんを選んだのも、そして譲さんに選ばれなかったのも、私だ。私に起こった出来事だ。それらは私の一部になる。私の身体の、私の心の、私の人生の。

それだけじゃない。選ばなくてもあるもの、選びたくても選べないもの。私は私なのだ。京じゃないし、郁ちゃんじゃないし、ロッカさんでもない。最初から手にしていたもの、降ってくるもの、躓《つまず》くもの。いろいろなことが起きたり、起きなかったり。できるだけ、選んでいく。こうありたいと願うほうへ。それが文字になって記されているのがドリフターズ・リストなんじゃないか。吊革につかまって、反対の手でポケットの上からリストを撫《な》でてみる。こうありたいと願うことこそが私をつくっていく。

今日こそは市川に寄ろう。改札を出てまずそう考えた。なにしろ忙しい。青空マーケットは明後日《あさって》に迫っている。家に帰ってごはんをつくっている暇はないだろう。それに、少し怖くもある。このまま「毎日」を更新していったら、破るときにすごく勇気がいるのでは。あるいは罪悪感を感じるようになってしまうかもしれない。ごはんは毎日つくらなくても、つくっても、いい。そういうスタンスにしておきたい。

そう考えていたはずなのに、なぜだか市川の前を素通りしてしまっていた。なんでだ。なんで自分で自分の首を絞めるのだ。

そのくせ帰り着いたアパートの部屋で、いつもより出足が鈍い。やらなければならないことが多いときに限って、今やらなくてもいいことをやってしまうのは私の悪い癖だ。テーブルの上を片づけ、まだ溜《た》まっていたわけでもない洗濯物を洗濯機に入れる。粉石鹸《こなせっけん》を溶かそうとしたとき、ふと、洗濯機がまわっているのを見るのが好きだと言っていた人のことを思い出してしまった。

洗濯機を眺めているのが好きなんだ。譲さんはそう言った。変わったことを言う人だな、と黙って聞いていた。その頃の私は実家暮らしで、洗濯くらい自分でするよう言いつけられて久しかったにもかかわらず、何食わぬ顔をしてしょっちゅう自分の服を洗濯かごに紛れ込ませておいたものだ。どうせ洗うのは機械なんだし、私ひとりの分くらい増えても手間はそう変わらないだろうと思って。甘かったなあと思う。悪かったなあとも思う。やってみろあすわ、とあの頃の自分に言ってやりたい。やってみればわかる。洗ったら干さなければならない。干したら取り込まなくてはならない。取り込んだら、分けて、たたんで、それぞれの分をしまわなくてはならない。しかも、洗濯だけをやっていればいいわけではない。一日のいろいろな仕事の合間にそれをやる。たいした手間ではないと誰に言えるのか。

それに、洗濯機がまわっているのを見るのは——正確に言うなら、洗濯機の中の水や洗濯物がまわっているのを見るのは——とても気持ちのいいものだった。ひとり暮らしを始めたら、悠長に洗濯物がまわるのを見る余裕などないものかと思っていたけれど、そうではない。これが私の一日の仕事のひとつだと意識してする洗濯は味わいが違う。

水の中でゆらゆらとくるくると服がまわるのを見るのは優雅な気分だ。

同じように、たとえば薬罐《やかん》のお湯が沸くのを待つのも優雅だ。蓋を取って見ていると、ごく細かかった泡が次第にぷくぷく大きくなり、数が増えていき、やがてぐらぐらと大声で主張しはじめる。その過程を眺めるのはとても興味深い。何度見ても飽きない。こんなことを人に言ってもなかなかわかってもらえないだろうから、口には出さないけれど。

ごめんね、譲さん。私にならら伝わるかと思って、こんなささいなことを話してくれたんだよね。ちっともわかってあげられなかった。家事もしますというアピールかと勝手に思ってしまった。

ル・クルーゼの鍋にしたってそうだ。新婚生活に向けての憧れだったけれど、あのまま結婚していたら、こんなふうにじっくりと、みちみちといとしく感じられただろうか。このあたたかな黄色の光沢も、鍋に蓋を合わせたときのじょりっという感触も、やわらかな熱のまわり具合も。そして鍋の中身がゆっくり煮えていくところをこうして気長に待てただろうか。明後日のためのうずら豆が入った鍋を前に、目を細める。今、この鍋の前にいる時間がかけがえのないものだとしたら、この場所に立てている自分にもっと誇りを持ってもいいのかもしれない。

「あすわー、いるー?」

聞き慣れた声がする。今夜も来ると思っていた。ドアを開けながら、

「いるけど、ごはんできてないよ」

答えると、ふーん、と言いながら玄関を上がり、スイッチの入っていない炊飯器と、

空っぽのフライパンを覗《のぞ》いて恨めしそうにしている。

「忙しいんだよ、今日。青空マーケットの準備の追い込みしなきゃ」

「そのわりには、ぼーっとした顔してる」

「生まれつきです」

「もしかして、悩みでもある？　そういえばドリフターズ・リストはどうしたのよ」

「あれはまだ、一切れのパン」

まだ、だか、もう、だか、わからない。私が選ぶもので私がつくられるとしたら、リストは私だ。私がリストなら、いちいち取り出して書いたり消したりすることもない。

「紙と鉛筆は辛抱強いからね」

ロッカさんがつぶやいた。ぼそっとした口調だったけれど、はっきりと聞こえた。ロッカさんはけっこうわかりやすい。裏腹なのだ。ぼそっとつぶやくときは相当自信のあるときと見ていい。

「悩みがあるんならリストを書いてみるといいよ。人には話しづらいことでも、いつまでもつきあってくれるから」

「悩みは、べつにないよ」

「じゃあ、悩んでなくても。話を聞いてほしいときってあるんだよね」

顔を上げずにロッカさんは続けた。

「聞いてほしいっていうより、聞いてもらわないと危ないっていうほうが近いかもね」

「暴発するってこと？」

「そうだね、暴発する場合もあるだろうし、入り組んだ道に迷い込んで出られなくなっちゃう人もいる。自分の話を誰かに聞いてもらうっていうのはときどきすごく大事なんだよ」

ロッカさんも、だろうか。この人も、誰かに話を聞いてもらわないと暴れたり迷ったりしてしまうようなときがあるんだろうか。俯《うつむ》いた顔をちらと見ると、ロッカさんは微笑んでいた。――違う。笑っている。こっそり漫画を読んでいるのだ！

「ロッカさん、まじめな話をしてるんじゃなかったの！」

あははは、とロッカさんは声をあげ、くしゃくしゃの笑顔でこちらを向いた。

「してるしてる、まじめな話」

まじめになるのが照れくさくてふざけたふりをしているのか、それともふりなんかじゃないのか、見分けがつかない。

「ごめん、どうしても『銀魂』だけは読みたくて」

謝るところを見るとやっぱり話半分で漫画を読んでいたらしい。

「あすわも読んでる？」

「読んでません」

「あー、あんた損してるわ人生」

「損でけっこう。それより手伝ってよね、明後日の準備で忙しいんだから」

「いいよ、何手伝う？　豆スープの仕込み？」

尋ねられて躊躇《ちゅうちょ》した。太陽のパスタを思い出してしまった。いつかロッカさんがつくってくれた異様にまずいスパゲティ。

「何よ、なんでそんなにぶるぶる首振ってんのよ」

「あ、じゃあ今日の夕飯お願いしてもいいかな。なんなら、久しぶりに市川に食べに行ってもいいよね」

控えめに言ってみた。お店で売るものをロッカさんに手伝ってもらうわけにはいかないけれど、ここでふたりで食べる分ならなんとかしのげるかもしれない。ロッカさんはこちらの思惑には頓着したふうもなかった。冷蔵庫を開け、ざっと中を見渡したかと思うと、おもむろに言い放った。

「そんなら、久々につくるかな、豚のメ」

「豚の……目？」

耳なら聞いたことがある。コリコリと歯ごたえがあっておいしいそうだ。でも目は知らない。目って目玉だろうか。それともカレイみたいに、目のあるはずだった場所についたお肉がことさらおいしいとか、いや、でも、豚だしなあ。

「あの、ロッカさん、悪いんだけど、豚の目っていうのはちょっとあたしおいしく食べる自信がないかも」

「そうなの？　きらい？　豚肉とにんにくの芽をオイスターソースで炒めるの」

「略しすぎだよ！」

「明後日のことだけどさ」

ロッカさんはゆうゆうと話題を変える。

「どうせだからたくさん呼ぼうよ。京ちゃんには声かけたの？」

「うん。でもお店あるから、抜けられたら行くって」

桜井恵にも声をかけた。緊張したけど、山吹さんも誘ってみた。あら楽しそう、とにこにこしていた。

「安彦は？」

「一応、電話した」

青空マーケットに出ることを話し、ワインを選んでくれないかと頼んだら、かわいいかといきなり聞かれたのだった。もちろん聞き返した。

「……かわいいって何が？」

「だからその郁ちゃんって子に決まってるだろ」

やっぱり来なくていいかも。郁ちゃんに近づかないでほしいかも。

「そうでもなければなんで俺がおまえらのために高いワインなんか出すかよ」

「あ、今、らって言った」

「ら？」

「おまえら、って。それってあたしとロッカさんのこと？　それ聞いたらロッカさん怒るだろうねえ」

あーあ、と聞こえよがしにため息をついて、

「漫画やドラマに出てくるお兄さんは大抵かっこいいんだけどなあ。現実はこれだもんなあ」

皮肉たっぷりに言うと、兄は電話口でへへんと笑った。

「おかしいよな、漫画やドラマに出てくる妹ってのも大抵かわいいもんなんだけどな」

落ち込んでいるふうではなかった。たぶんカジュアルなワインを見繕って来てくれると私は思っている。

にんにくの芽を切り揃えながら、ロッカさんが思い出したように顔を上げた。

「市さんの新作レース、すごいらしいよ」

市川さんは青空マーケットの常連で、ちょっとした有名人のようだ。苦み走ったあの顔で華麗なレースを編むインパクトは大きい。郁ちゃんも知っていた。アパートの近くの定食屋さんのマスターだと言うとすごく驚いていた。

ああ、楽しみだ。市川さんのレースも、また大空の下でおいしいものを売ることができるのも、声をかけた人たちが来てくれるのも、兄のワインも。前回リベンジを約束した彼らとも再会できるだろうか。そうだ、瀬戸口くんも来ると聞いている。今度はちゃんと名乗り出ると郁ちゃんに約束したそうだ。

私にひと目ぼれした人ってどんな人かな？　ちょっとだけ気になっている。ほんと言うと、けっこう気になっている。たぶん、うれしいんだな。知りもしない人に好かれて、うれしいだなんて変かもしれないけど、奇特な人がいたもんだなあとおかしい。笑い出しそうだ。これってきっとうれしいってことだ。もう二度と誰かを好きになったり誰かに好かれたりすることはないだろうと思っていたのに。

瀬戸口くんってどんな人なんだろう。たぶん冴《さ》えない人だとは思う。いい人だと言われるくらいだもの。実際にいい人だとしても、それだけの人である可能性が高い。そうでなければ、かっこいい人よ、とか、やさしくて面白い人よ、とか、他に表現があるはずだ。それとも、他の形容詞よりも何よりもまず、いい人だと言いたくなるくらいのすごくいい人なんだろうか。

こないだの協働市場にも来ていたらしい。どの人だったんだろう。もしかして、あの人か、と思うような人がいないわけでもない。開店してしばらくの間に現れた、感じのいい人がひとりいた。特に私に話しかけるわけでもなかったけれど、さりげない感じでこちらを窺《うかが》っていたかもしれない。うふふ。それか、あの、向かいのブースにいたCD売りの、長髪じゃないほうの。あの人なら、ちょっとかっこよかったじゃないの。まさかね。あの人はいい人じゃなくてかっこいい人だよ。じゃあ、あの人？　あの朝、重い荷物を運ぶのを率先して手伝ってくれた、がっしりして、眉毛の濃い人。親切そうな、頼りになりそうな人だった。あの人はきっと郁ちゃんに惚《ほ》れてるんだな。だからいいところを見せたくて、あんなにばんばん働いていたのだ。

「いやだねえ、あすわ、にたにたしてるよ」

「にたにたなんかしてないもん。あーっ、ル・クルーゼは空焚《からだ》き厳禁だから！」

「だいじょうぶだって、もっとおおらかに使えばいいんだって」

「おおらかすぎだよロッカさんは」

コンロにかけられた黄色い鍋を下ろし、代わりに鉄のフライパンを載せる。

「洗濯終わったみたい。干しちゃっていい？」

「後にしなよ。もうできるよ、豚のメ。おいしかったら適当に豆混ぜて青空マーケットに出そうか」

「おいしかったらね」

ロッカさんはちょっと不服そうに口を尖《とが》らせかけたけれど、気を取り直したようだ。

「来る途中の酒屋さんで、ほら、これ」

紙袋から取り出してみせたのは、ハーフボトルの赤ワインだ。

「どうしたの」

「うん、景気づけにと思ってさ」

「いいねえ、ちょっと気の利いたこと言えるように練習しとこ」

「考えることは同じだね。安彦の鼻を明かしてやろう」

ちょっと考えたくらいで明かせる鼻ならソムリエ試験にも落ちて当然だろう。

豚のメをお皿に盛り、嬉々《きき》としてワインのコルクを抜き、グラスに注ぐとロッカさんは目を閉じた。

「……これはですね、豚の蹄《ひづめ》の匂い」

「ちょっとちょっと、飲みたくないよそんなワイン」

「そう？　豚のメと完璧なマリアージュじゃない」

「貸して。あ、この匂い、知ってる。えーとね、レコードの匂い」

「曲は何？」

「正確に言うと、お父さんが手入れをした後のレコードの匂い。しゅってなんかかけてやわらかい布で丁寧に拭いてた、その匂い」

「それって静電気防止スプレーの匂いってこと？　うーん、飲みたいかなそのワイン」

「……だめだね。あたしたち」

「だめだろうね」

あきらめて、それぞれのグラスに赤ワインを注ぎ足した。

「乾杯」

「何に」

「ひみつ」

青空マーケットに。ドリフターズ・リストに。目の前のロッカさんに。

私が選ぶもので私はつくられる——のかな。ほんとかな。少なくとも半分くらいは、そうなんじゃないかな？

御守りみたいにポケットに入れてときどき撫でたりさすったりしている、きっともうぼろぼろの紙片を私はいつか取り出して開いてみるだろう。

もう、空で言えるリストの項目たち。

きれいになる。

毎日鍋を使う。

やりたいことをやる。

ぱーっと旅行をする。

新しく始める。

豆。

なんだかいとおしいほどだ。この程度の、私。毎日鍋を使って、豆を探して、必死に水面に顔を出そうとしていた、溺れかけの私。

私にとっての豆は何だったのだろう。きっと「毎日」に関わることだと思う。でも、まだ、見きわめられないでいる。いろんな心当たりに水をやり、日に当てていれば、いつかは芽を出すだろうか。

一切れのパンは——水夫がパンだと信じていたものは——一片の木切れだった。外見はたぶん木切れでも、紙片でも、いいのだ。彼は中身が木切れであることを知ったとき、それをくれた僧侶に心から感謝した。私もだ。ありがとう、ロッカさん。リストを書いたから私は今こうしてどうにか岸辺に立っている。

「ぷはぁ、ってロッカさん、ビールじゃないんだから」

それからもう一切れのパン。そこにあると思うだけで私に力をくれる、これがあるからだいじょうぶだと信じられる、もう一切れのパン。いつも私のまわりにいてくれた人たちだ。家族やロッカさん、京、郁ちゃん、会社で一緒に働く人たちも。どうもありがとう。ほんとうにありがとう。これから出会う人たちの中からも一切れのパンはきっと現れるだろう。

解説——ドリフターズ・リストの正しい書き方

山本幸久

ではいまからドリフターズ・リストを書くとしよう。それにはきみに書く資格があるかどうかを確認しなければならない。いいかね。なぁに、そう難しいことではないさ。緊張しないでいい。安心したまえ。質問はただひとつ。きみはいま、なにか問題を抱えているだろうか。たとえば、そうだな、きみにはあらかじめ宮下奈都さんの小説、『太陽のパスタ、豆のスープ』を読んでおいてもらったと思うが。そう。なに？　まだ読んでいない？　ダメだって、解説から読んじゃ。ここを読んで、買おうかどうしようか判断する？　勘弁してくれ。そういうのは荷が重い。ぜったいオモシロイから、さっさとレジへむかうんだ。

どう？　買って読んだ？　よろしい。あなたの言うようにオモシロかった？　でしょ？　では話を先にすすめるとしよう。『太陽のパスタ、豆のスープ』の主人公、あすわは婚約を破棄されていたよね。あの段階で破談とは。譲《ゆずる》さんはひどい男だ？　僕も同感だ。

信じられないよ。自分の都合で他人を傷つけることが平気な人間というのは、この世にたくさんいるものだ。自分がそうならないよう気をつけないとな。

さて、と。

あすわほどに大きくなくてもよろしい。きみもなにかしら問題を抱えているだろう。言わなくてもいい。聞いたところで、僕にはどうしようもないからね。

どうした？　な、泣いているのか。それほどたいへんな目にあったの？　こ、ここで泣かれても困るんだよ。落ち着いて。うん。そう。え？　これからの人生、どうしたらいいかわからない？　そこまで深刻な問題なわけね。うん、まさしくきみは人生の漂流者だ。ドリフターズ・リストを書く資格はじゅうぶんにある。あるからってよろこぶべきことじゃないけどね。

ではつぎにリストを書くのに必要な道具を準備してもらおう。

紙と筆記用具。

たったそれだけだ。作中ではロッカさんが雑誌の『美容整形の広告を一枚ちぎって』、その『余白』に、あすわの机の上にある『鉛筆立て』の『ボールペン』で書いていただろ。ああいうのが望ましい。

肝心なのはいますぐ準備ができるっていうこと。わざわざ買いにいくこともなく、身のまわりのもので済ませるのがポイントなんだ。

たとえば、そうだな。

一度しかいかなかったのに、住所を書いてきてしまったせいで、年中送られてくる美容院やエステサロンからの案内状や、ネットで確認できるのでもういらないんだけど、どう停めていいのかわからずそのままにしてあるクレジットカードの支払い通知、シールを集め応募するつもりだったのが、気づいたら応募の締め切りが過ぎていた懸賞の用紙、二十九円のもやししか買わなかったのに、一円のお釣りといっしょにもらってしまったむやみにデカいレシート、駅前で配っていたのを受け取った三二〇〇万円〜四五〇〇万円なんて値段のマンションのカタログなどなど、ほんとになんでもいい。

ただしあすわのように『ウエディングドレスのパンフレット』の『表紙の余白』に書いてしまうのはどうかと思うがね。辛い思い出と直結してしまうものは避けたほうが無難だ。

システム手帳に書く？

それはあまりお薦めはしないね。たとえばきみのシステム手帳が、だ。カバー付きの三千円もするのを早々と十一月の中頃に購入して、気合い十分にはじめのうちこそきっちりと書いてはいたものの、新年迎える前に飽きがきてしまい、なにより鞄の中に入れておくと重たいので持ち歩かず、玄関脇にある下駄箱の上に置きっ放しのまま、埃《ほこり》を被った状態ならばよろしい。

おっと、そうだ。いくら身近にあるからって、スマホやケータイ、パソコンなどに書いて保存しておくっていうのはナシだからな。ドリフターズ・リストはあくまでも手書きが基本だ。指先でチョイチョイとやってしまっては意味がない。

字が下手で恥ずかしい？

莫迦を言うな。ひとに読ませるものではないのだ。自分さえ読めればいい。ただまあ、ロッカさんのように、きみのリストを読んでくれるひとがいれば、むしろラッキーというものだ。そういうひとは、きみの字がどれだけ下手だって気にしないはずだぞ。ともかくリストは手で書くこと。

ここまではいいかな。

それではいよいよ、ドリフターズ・リストを書くことにしよう。ロッカさんは『明日へのリスト』と言ってただろ。そして『やりたいことや、楽しそうなこと、ほしいもの、全部書き出してごらん』ともね。そのとおりに思いつくまま書いていくんだ。

どうした？

あれからずいぶん経っているのに、まだひとつも書いていないのか。『そもそも考え込むようじゃいけないんだ』と、あすわも作中で思っていたぞ。

でもまあ、しかたがない。ぱっと思いついたものを書くというのもアリはアリだけど、それも意外にでてこないものだ。じつは難しい。そもそも『やりたいことや、楽しそうなこと、ほしいもの』がスラスラ書けるような人間は、人生の漂流者になったりしない。なお言えば、あすわがそうだったが、『失意のうちにある人間は』『やりたいことなんてひとつもありはしないのだから』ね。

それとそう、ロッカさんが『自分でそれをこれからひとつずつ叶えていくんだよ』って、言っていたけど、これがさらに気を重たくさせるんだよな。『やりたいことや、楽しそうなこと、ほしいもの』を魔法のランプの妖精よろしく、だれかが『叶えて』くれるんだったらいい。お金が欲しいだの、世界平和だの、才能だのと、いくらでも書くことができる。だけど『自分』で『叶え』なきゃならないとなると別だ。そんなの話がちがうって気になるよな。どうやらひとっていうのはそういうものらしい。

作中にあすわが自分のリストに書いた『豆』が『抽象的』だと反省し、『細分化して具体的な項目にする』場面がある。そして『自分探し』などせずに『新しく付け加える』、『なりたい自分になる。そのためのリストだ』と一度は結論づけるものの、うまくはいかなかった。

ドリフターズ・リストの難しいのは、筆で書いて、額に入れ、壁に掲げ、毎朝読みあげるような、目標じゃないってところだ。そこを目がけ、がむしゃらに努力すれば達成感が得られて万々歳とはいかない。

うぅん、やはり難しい。

なに？　ぼくがドリフターズ・リストを書いたかって？　ああ、書いたさ。それを読ませろ？　いや、ぼくは字が下手だから。ちがう。恥ずかしいわけじゃない。読みづらいんじゃないかって心配しただけだ。わかった、こうしよう。ぼくもあすわのように、ドリフターズ・リストを『空で言える』ようになっているから、この場で言うとしよう。
・絵をうまくなりたい。
おっと、いけない。『はっきり断定形』でなくちゃな。ロッカさんに褒めてもらえない。
・絵をうまくなる。
ぼくもやはり、考え込んでしまってね。だから昔、やりたかったことを考えたんだ。そう、ぼくは漫画家になりたかった。しかしいまから漫画家になるのは難しい。そこでリストにはこう書いた。ちょっとしたイラストが躊躇《ちゅうちょ》なくサラサラ描くことができたら、人生、少し豊かになるんじゃないかって気がするからね。そう、あくまで気がするだけだが。
・二十五メートル、泳げるようになる。
昔は泳げた。でもいまはどうかわからない。もう何年もプールに入っていないからね。

最後に泳いだのはいつだろう。十年前？　いや、二十年以上経つかもしれない。まずはプールへいくところからだ。

・ひとの悪口を言わない。

断っておくけど常日頃、悪口を言いまくってるわけじゃない。できるだけ言わないようにしようと心がけるってことだ。

どうもこうして口にしていたら、これがドリフターズ・リストではなく、『不可能リスト』に思えてきた。だって残りは「締め切りを守る」とか「嘘をつかない」とか「無駄遣いをしない」とか「夜中にカップラーメンを食べない」とか「自分の話に夢中になって相手を置き去りにしない」とか「システム手帳はせめて三月くらいまでは使う」だものな。

ダメだ。つくりなおしたほうがよさそうに思えてきた。『ドリフターズ・リストの正しい書き方』だなんてタイトルをつけたのにこの始末とは。我ながら情けない。

ん？　ぼくが話しているあいだに、ドリフターズ・リストが書けたって？　それじゃあ、ぼくの話は聞いていなかったのか。いや、いいんだ。自分の間違いに気づいただけだ。ぜひ、きみのを読ませてくれたまえ。なんだ、けっこう達筆じゃないか。

うん。なかなかいいと思う。ぼくのより上出来だ。惜しむらくは、いや、よそう。ぼくは他人のリストに文句をつけられるような人間じゃない。
あとはこのリストを自分自身でどう叶えるか。
がんばってくれたまえ。
では。

この作品は二〇一〇年一月、集英社より刊行されました。

集英社文庫

太陽《たいよう》のパスタ、豆《まめ》のスープ

2013年1月25日　第1刷　　定価はカバーに表示してあります。
2013年6月8日　第5刷

著　者　宮下奈都《みやしたなつ》

発行者　加藤　潤

発行所　株式会社　集英社
東京都千代田区一ツ橋2-5-10　〒101-8050
電話　03-3230-6095（編集）
03-3230-6393（販売）
03-3230-6080（読者係）

印　刷　大日本印刷株式会社

製　本　大日本印刷株式会社

フォーマットデザイン　アリヤマデザインストア　　マークデザイン　居山浩二

ISBN978-4-08-745026-2 C0193